LA MÉMOIRE AU CŒUR

DU MÊME AUTEUR

La Rebelle des sentiers de Lure, 2013
La Tour de Malvent, Belfond, 2012
Le Chant du papillon, Belfond, 2011
Le Cri du goéland, Belfond, 2011
La Maison des Houches, Belfond, 2010
Les Secrets de la forêt, Robert Laffont, 2010
Les Enfants de l'hiver, XO, 2009
La Malédiction des louves, Robert Laffont, 2008
Et l'été reviendra, Robert Laffont, 2008
Le Chat derrière la vitre, L'Archipel, 2008 ; De Borée, 2010
Nous irons cueillir les étoiles, Robert Laffont, 2007 ; Pocket, 2009
La Peste noire, XO éditions, 2007 ; Pocket, 2010
Le Roi chiffonnier, XO éditions, 2007 ; Pocket, 2010
La Conjuration des lys, XO éditions, 2007 ; Pocket, 2010
Juste un coin de ciel bleu, Robert Laffont, 2006
Les Âmes volées, Fayard, 2006
Le Porteur de destins, Seghers, 2005 ; Pocket, 1994 (prix des Maisons de la presse ; prix du Printemps du livre de Montaigu ; Grand Prix littéraire de la Corne d'or limousine)
Les Colères du ciel et de la terre, Robert Laffont, 2005
Le Dernier Orage, Pocket, 2008
La Montagne brisée, Pocket, 2007
La Couleur du bon pain, Robert Laffont, 2004
Des enfants tombés du ciel, Robert Laffont, 2003 ; Pocket, 2009
Une vie d'eau et de vent, Anne Carrière, 2003
Lumière à Cornemule, Robert Laffont, 2002 ; Pocket, 2005
Le Voleur de bonbons, Robert Laffont, 2002 ; Pocket, 2004
Dernières nouvelles de la terre, Anne Carrière, 2001
Maisons au cœur, Robert Laffont, 2001
Le Silence de la mule, Robert Laffont, 2001 ; Pocket, 2004
Un jour de bonheur, Pocket, 2001
Lydia de Malemort, Robert Laffont, 2000
L'Heure du braconnier, Pocket, 2000
La Nuit des hulottes, Robert Laffont, 1999 ; Pocket, 2006 (prix RTL-Grand Public)
Les Frères du diable, Robert Laffont, 1999
L'Or du temps, Robert Laffont, 1998
La neige fond toujours au printemps, Robert Laffont, 1998 ; Pocket, 2003
L'Année des coquelicots, Robert Laffont, 1996
Ce soir, il fera jour, Robert Laffont, 1995
Un cheval sous la lune, Robert Laffont, 1994
Les Chasseurs de papillons, Robert Laffont, 1993 ; Pocket, 1994 (prix Charles-Exbrayat)
Le Roi en son moulin, Robert Laffont, 1990
L'Angélus de minuit, Robert Laffont, 1990
Beauchabrol ou le Temps des loups, Souny, 1994

GILBERT BORDES

LA MÉMOIRE AU CŒUR

belfond

Belfond | un département **place des éditeurs**

place
des
éditeurs

PREMIÈRE PARTIE

Libourne, septembre 2012.

— Dis, maman, c'est bien vrai que les juments vertes existent ?

Sonia se penche vers Marine et pose un baiser sur le front de la fillette.

— Faut toujours que tu inventes quelque chose pour faire l'intéressante ! se moque Caroline, sa sœur, du haut de ses dix ans.

— Mais non, c'est toi qui m'as dit que…

François intervient :

— *La Jument verte*, c'est le titre d'un roman de Marcel Aymé. Une histoire que je te raconterai si tu veux. Maintenant, mange.

François sourit à sa femme qui baisse les yeux. Ils sont heureux, tous les quatre, assis à la table d'un bon restaurant de Libourne, mais à chaque fois que Sonia se sent bien, le doute l'envahit. Son visage s'assombrit. Les petites rides de son front se creusent. Mérite-t-elle d'être heureuse ? Le drame de sa jeunesse brisée reste toujours brûlant derrière chacune de ses pensées. Après leur mariage, Sonia avait demandé à François de fuir la région, de partir au Canada afin de mettre la plus grande distance entre son passé et sa nouvelle vie, mais il ne pouvait pas quitter le domaine familial et ses vignes à Saint-Émilion : le château Dorliac, grand cru classé, réputé dans le monde entier.

Les fillettes se chipotent à propos de l'existence des juments vertes ou jaunes. François savoure son crabe qu'il décortique avec des gestes délicats. C'est un bel homme, très brun, toujours élégant. Réservé, il parle avec retenue et ne s'emporte jamais. Il aurait voulu être architecte...

Jérôme Laplaud, le propriétaire du restaurant, vient le saluer dans sa tenue de cuisinier ornée du liseré bleu-blanc-rouge du meilleur ouvrier de France. Issu d'une dynastie de grands chefs comme François l'est d'une lignée de vignerons, Jérôme achète beaucoup de vin au domaine et entretient des relations très amicales avec Paul Dorliac, le père de François.

— Tout va bien ? demande-t-il.

Le regard intrigué de Jérôme n'échappe pas à Sonia. Malgré les années et son cabinet de kinésithérapie à Saint-Émilion, elle reste une étrangère dans le milieu fermé de la bourgeoisie locale. Tant de questions restent sans réponse. Si les médias ont oublié le crime de Lembras, ici, tout le monde y pense en la voyant. N'est-elle pas la fille d'un homme que les assises de Bordeaux ont condamné à trente ans de prison ?

Des bougies éclairent les tables en laissant la salle dans une légère pénombre reposante et intime. François apprécie la cuisine de Jérôme, le calme, la bonne tenue de son établissement. Merveilleux François, toujours posé, avec cette sagesse qui manque souvent à Sonia. Honnête en tout et généreux ! Que serait-elle devenue sans lui ?

— Je te dis qu'il n'y a pas de juments vertes, insiste-t-il auprès de Marine.

— Alors pourquoi avoir écrit une histoire avec un animal qui n'existe pas ?

François sourit à Caroline qui montre son impatience face aux questions puériles de sa sœur. Marine fouille dans son petit sac à main et en sort un caillou qu'elle pose sur la table à côté de l'assiette de son père.

— Qu'est-ce que tu as encore trouvé ? s'écrie Sonia, exaspérée par la fillette qui ramasse tout ce qui attire son attention.

François examine la pierre à la lueur de la chandelle et découvre, imprimée en creux, la forme d'un coquillage.

— Regarde, dit Marine rassurée par le regard curieux de son père, un escargot était prisonnier et puis un jour, il a voulu s'en aller. Alors il a cassé la pierre et pris sa liberté !

— C'est un peu ça, réplique doctement François. Il y a plusieurs millions d'années, le coquillage est tombé au fond de la mer, la poussière l'a recouvert et a formé le caillou, puis la mer est partie.

— Eh bien, moi, je la trouve belle la maison de mon escargot ! s'exclame Marine.

Caroline regarde avec envie le trésor de sa sœur en se disant qu'elle n'aura pas de mal à le récupérer.

— Le mois de septembre a été très beau, dit tout à coup François. Le raisin est bien mûr, ce sera une bonne année malgré la fraîcheur du printemps.

Sonia pose sa main sur la sienne.

— J'ai vu ton père en grande conversation avec Franchet, cet après-midi.

— Franchet veut réorganiser le chai. Mon père s'y oppose et tu sais combien il est têtu !

— Qu'est-ce que tu en penses, toi ?

— Franchet a raison, mais mon père ne peut se résoudre à changer ses vieilles habitudes.

Sonia se retranche derrière un silence éloquent. Homme

fier et autoritaire, Paul Dorliac n'a pas admis que son fils unique épouse la fille d'un condamné pour homicide. Pour la première fois de sa vie, François a osé lui tenir tête en menaçant de quitter le domaine. Paul a cédé, mais garde ses distances avec Sonia qu'il juge indigne d'une famille honorable de Saint-Émilion.

Un homme et une femme entrent et sont conduits par le maître d'hôtel jusqu'à une table voisine. François observe la femme, vêtue d'une longue robe noire qui moule son corps parfait. Les cheveux libres tombent sur ses épaules nues en légères boucles. Il la trouve belle, avec ce charme particulier des brunes. En beaucoup plus élégante, elle lui rappelle les Roumaines qu'il embauche chaque année pour les vendanges.

Sonia s'est immobilisée. Le monde vient de disparaître autour d'elle. Son cœur a cessé de battre, le sang se fige dans ses veines. Le souffle coupé, la voilà tout à coup devenue une autre. Le passé supplante le présent, l'efface, devient souverain, imprimé en elle comme la coquille sur le caillou de Marine...

— Maman ?

La voix de Caroline la remet à sa place entre ses deux filles, en face de François qui la regarde, surpris. Son cœur bat si fort qu'elle a mal dans la poitrine, des images sordides défilent dans son esprit.

— Eh bien, chérie, ça ne va pas ? demande François.

— Si, murmure Sonia. Ce n'est rien...

— Tu travailles trop, je n'arrête pas de te le dire, mais tu ne veux pas m'écouter !

Malgré elle, Sonia ne peut s'empêcher de tourner la tête vers la droite pour regarder le nouveau venu. Très brun, à la peau mate, les cheveux de jais abondants et très souples... Il n'a pas changé, pense la jeune femme ; son corps s'est un peu épaissi, mais les traits de son visage sont toujours aussi séduisants. Que fait-il ici ? Quel hasard l'a conduit dans ce restaurant alors qu'il avait disparu depuis quatorze ans ? Sonia bredouille une parole rassurante à l'intention de François, mais ses pensées restent figées sur cette sordide journée de 1998. Elle n'a rien oublié : l'amour interdit d'une jeune fille de bonne famille, le premier, celui qui devait être le seul, et l'horrible drame qui a fait d'elle une fille sans famille contrainte de loger dans des chambres de bonnes.

— Sonia, ça ne va pas ? Veux-tu qu'on rentre ?

La bougie allumée sur la table déforme ses traits ; François ne la reconnaît pas. Elle inspire profondément et tente de sourire. Son mari lui prend la main mais elle la retire lentement et la cache sous la table. Elle pourrait prétexter un malaise passager pour justifier son trouble et fuir celui qui semble ne pas l'avoir remarquée, pourtant, sa présence l'hypnotise, la fige. Incapable de bouger, elle sait que son avenir, sa vie auprès de François ne survivront pas au moindre regard échangé.

— Non, ça ira. Ne t'en fais pas, bredouille-t-elle.

Les fillettes ont cessé de se chamailler. Caroline a compris que quelque chose de grave vient de se passer. Une angoisse sans cause noue la gorge de Marine qui, sans savoir pourquoi, aimerait se précipiter dans les bras de sa mère. François ne quitte pas sa femme des yeux et a peur lui aussi, une peur profonde qui lui noue la gorge.

Sonia ne cesse de se retourner vers l'inconnu qui ne l'a toujours pas remarquée. Et puis, tout à coup, il lève la tête, ses yeux se posent sur elle, s'y arrêtent. L'homme s'immobilise à son tour. Le regard de Sonia s'est accroché au sien, sans la moindre retenue, sans pudeur, sans se préoccuper des filles et de François à qui rien n'a échappé.

— Sonia ?

Elle n'a pas entendu l'appel anxieux de son mari. Loin

de cette table, elle paraît s'être réfugiée dans un passé inaccessible aux autres, unie à cet homme par de monstrueuses circonstances. Sonia kinésithérapeute a cédé la place à Sonia adolescente et rebelle.

— Sonia, que se passe-t-il ? demande encore François.

— Excuse-moi ! répond-elle en souriant.

Pourtant, son regard resté vague, ses lèvres entrouvertes sur la dernière syllabe indiquent que l'incident n'est pas clos. Caroline et Marine se taisent, attendant une parole de leur mère, un mot rassurant pour dissiper le poids du silence. L'aînée jette un regard angoissé à son père, puis baisse la tête. Marine tripote son caillou. Le brouhaha de la salle les enferme dans leur inquiétude. Sonia aimerait leur parler, mais elle demeure sans voix. Le regard de l'inconnu toujours fixé sur elle la brûle.

— Tu le connais ? insiste François d'une voix blanche.

Elle secoue la tête dans un mouvement qui ne signifie ni oui ni non, un mouvement pour elle pour chasser ce qui encombre son esprit.

— Excusez-moi ! dit-elle avant de se lever brusquement en portant la main à sa bouche comme pour retenir un cri.

Elle court aux toilettes, s'y enferme et s'effondre. Elle n'est plus qu'une chiffe molle, un fruit nauséabond. Comment ne pas commettre l'irréparable, comment résister au démon qui vient de se réveiller ? L'adolescente prend le pas sur l'adulte, l'épouse et la mère.

Une porte s'ouvre et se ferme dans un grincement. Sonia sait qu'elle ne devrait pas bouger, rester enfermée, mais sa main tourne le loquet et la voilà face à lui. Toujours aussi grand, aussi bien bâti. Avec ce regard particulier, noir et lumineux des hommes de nulle part. Et sa peau couleur de tabac blond, cette peau dont Sonia n'a oublié ni le grain ni le goût. Ils se fixent longuement, médusés de se découvrir identiques, malgré les années.

— Sonia ?

C'est bien la voix de Guyla. La jeune femme en reconnaît le timbre particulier, un peu cuivré qu'elle a cru retrouver dans la voix de chacun des hommes qu'elle a rencontrés depuis leur séparation.

— Guyla ?

Il esquisse un mouvement vers Sonia, puis il se retient en la voyant reculer d'un pas, tout à coup consciente que sa place n'est pas là.

— C'est incroyable ! murmure Guyla. Te retrouver ici, par hasard !

Le hasard existe-t-il ? Combien de fois n'a-t-elle pas rêvé de le revoir pour essayer de comprendre ce qui s'est passé, ce jour de 1998, à Lembras ? Mais que fait-il ici, à Libourne, alors que Sonia le croyait rentré dans son pays depuis des années ?

— Je joue avec mon orchestre au piano-bar pendant dix jours...

Sonia se souvient tout à coup avoir aperçu les affiches mais elle n'avait pas remarqué la présence du violoniste dans le groupe.

— On se reverra, je suis descendu au Sofitel, ajoute Guyla en sortant.

Sonia retourne s'asseoir. Quelqu'un lui parle. Sonia reconnaît la voix de François. Le contact avec la réalité lui fait très mal.

— Sonia, que se passe-t-il ? demande son mari d'une voix anxieuse. Cet homme t'a suivie. Il t'a parlé ? Qui est-ce ?

— C'est rien, répond-elle en s'efforçant de sourire.

Les filles l'embrassent chacune à leur tour, mais la belle ambiance est perdue. François ne touche pas au plat qu'on vient de lui apporter et garde la tête baissée. Sonia se force à parler à ses filles, mais son visage se défait lorsqu'elle voit Guyla lui sourire.

— On rentre, décide François qui appelle le serveur et demande la note.

— Ce n'est pas bon ? s'inquiète celui-ci.

— Ma femme n'est pas bien, pardonnez-nous, dites à Jérôme Laplaud de nous excuser.

Ils quittent le restaurant. François donne la main aux filles, Sonia marche derrière, comme si la cassure était déjà effective entre eux. Elle sent le regard brûlant de Guyla posé sur elle, mais résiste à l'envie de le regarder une dernière fois.

Ils rentrent au domaine Dorliac sans un mot. Le château est éteint quand la voiture franchit le haut portail de fer. François et sa famille habitent en retrait du bâtiment principal la demeure des gardiens qu'il a fait aménager après son mariage pour ne pas imposer à Sonia une difficile cohabitation avec ses beaux-parents.

Les fillettes vont se déshabiller seules dans leur chambre. Ce soir, elles ne se chamaillent pas et se mettent au lit sans perdre de temps. Sonia vient les embrasser ; Caroline frissonne en sentant le baiser de sa mère. À son tour, François leur souhaite une bonne nuit, éteint les lumières et rejoint Sonia dans le salon.

— Il faut que tu m'expliques, dit-il lentement sur un ton ferme.

Elle secoue la tête pour éviter de répondre. Une larme s'est formée au coin de son œil droit et s'allonge sur la peau en emprisonnant un grain de lumière.

— Je veux comprendre... insiste François.

Sonia a un geste vague des mains. Les cheveux défaits, elle ne ressemble plus à la belle femme coquette qu'elle était au restaurant. Abattue, son visage diaphane a perdu la transparence et l'éclatante beauté qui attirent les regards.

Elle n'est plus qu'une personne ordinaire, différente de la Sonia que François aime par-dessus tout.

— Je t'en supplie, ajoute celui-ci. Je comprends que quelque chose te bouleverse. Je veux être avec toi, t'épauler. Tu peux me faire confiance.

Elle inspire profondément, s'apprête à parler, mais les mots se bousculent, se contrarient. L'horrible vision de deux cadavres ensanglantés s'impose à son esprit. Puis l'image d'un Guyla flamboyant, si jeune, si beau, un dieu antique.

— Je pense à mon père disparu, murmure-t-elle. À ma mère, aussi, que je n'ai pas revue depuis l'automne 1998. Tout ça par ma faute.

Sonia n'a jamais triché avec François. Il sait que Guyla a été son premier amour et que le double meurtre de Lembras a marqué la fin de leur idylle. Mais après ?

— De quoi tu parles ? des assassinats à la lisière de la forêt de Lunet ? Tu n'as rien à te reprocher.

— Je n'ai pas menti, François. Ni aux juges lors du procès de mon père, ni…

Elle s'effondre en larmes, consciente que seul son mari peut l'aider à affronter son passé. La femme qu'elle est devenue, construite sur les ruines de son adolescence, reste si fragile. Un puits s'ouvre devant ses pas, comment ne pas y tomber ?

— Pardonne-moi, François. Tout est remis en question, tout !

Il croit qu'elle parle de leur amour et accuse le coup. Elle précise :

— Comment oublier que mon père a été inculpé, condamné à cause de ma déposition. Il a fallu trois ans pour que le jugement soit révisé grâce à l'ADN retrouvé sur l'arme. Et puis celui qui a bénéficié du doute a été libéré et a disparu dans la nature. Je suis coupable de ne pas le chercher…

Elle n'ose pas soutenir le regard insistant de François, consciente d'aller trop loin dans ses regrets. En rappelant des faits dont toute la presse a parlé, c'est sa passion brûlante pour Guyla qu'elle évoque. Elle trahit son mari et tourne le dos à ses filles.

— Cet homme qui t'a rejointe dans les toilettes, cet homme que tu as regardé d'une manière qui m'a fait si mal, c'est…

Elle acquiesce de la tête, incapable d'exprimer à haute voix des pensées qui lui semblent monstrueuses. Certes, Sonia n'a pas menti, mais n'a-t-elle pas évoqué ce premier amour avec un certain détachement comme pour bien montrer que la page était tournée ? Peut-être l'a-t-elle cru elle-même…

— C'était lui, demande encore François, ce Romanichel ?

— Non, un Tzigane.

Sa communauté vivait dans des baraquements en périphérie de Lembras, sur un terrain vague entre la route et un ruisseau empestant la vase en été. Est-ce parce que l'adolescent mal vêtu dont elle a gardé un souvenir précis est devenu un homme chic que son trouble est aussi important ? Non, c'est bien plus grave !

— C'était lui et je te demande pardon d'avoir gâché notre soirée, répond enfin Sonia en levant ses yeux mouillés sur François. Je ne m'attendais pas à le retrouver là après tant d'années.

— Allons nous coucher. Je dois me lever assez tôt demain. Une délégation de Chinois vient visiter le domaine.

Sonia va dans la salle de bains. Après s'être lavé les dents, François se déshabille et se couche. Sonia se glisse sous les draps, il l'attire contre lui. Ils font l'amour, mais la jeune femme est ailleurs : l'image de Guyla ne quitte pas ses pensées.

François ne trouve pas le sommeil. Il devra pourtant faire bonne figure aux clients tout à l'heure : de gros négociants asiatiques. Conscient qu'il ne fermera pas l'œil, il se rend dans la salle de bains et avale un léger somnifère qui lui permettra de récupérer.

Sonia se réveille en sursaut à quatre heures du matin. Elle se lève sans bruit et s'habille dans la salle de bains pour ne pas déranger François. À l'instant où elle sort dans la cour en face du château silencieux, le sentiment de commettre une énorme erreur l'arrête. Mais comment résister à la force qui la pousse à fuir sa maison, son mari, ses filles ? La jeune femme ferme doucement la portière de sa voiture et démarre. Les dés sont jetés.

À Libourne, elle se gare sur un parking ; un vent frais lui fouette le visage. L'appréhension lui serre la gorge. Elle se dirige vers l'entrée illuminée du Sofitel, avance comme dans un rêve lourd et obsédant. Il a suffi d'un regard, d'un mot de lui pour que la femme de caractère devienne une marionnette soumise à un désir enfoui au plus profond de son être. Sonia pousse la porte vitrée, une horloge indique 4 h 40. Des valises près de l'ascenseur indiquent qu'un groupe de touristes s'apprête à partir.

Le réceptionniste lui adresse un sourire curieux. Brun, les traits fins, il a quelque chose de François : de belles dents éclatantes, une certaine distinction. Cette vague ressemblance lui fait prendre conscience qu'elle se trouve à l'hôtel pour rejoindre un homme ! La crainte de se faire éconduire par Guyla mêlée au sentiment de commettre une faute irréparable l'arrête. Elle s'enfuit vers sa voiture et prend la direction de Bergerac, une route toujours évitée depuis qu'elle est madame Dorliac.

Elle ne veut pas reparaître ainsi devant François. À mesure qu'elle s'approche de Bergerac, le visage austère du docteur Modalès s'impose à son esprit. Debout dans le box, il faisait face aux accusations de la partie civile, résigné, mais fier. Était-il coupable ? Sonia est certaine que non, mais les apparences l'accusaient. Elle n'a pas oublié le cri de sa mère à l'annonce du verdict.

Elle contourne Bergerac, prend une route étroite dans les champs fraîchement labourés, fait un détour pour éviter le centre de Lembras où se dresse, au carrefour aux Chats, l'ancienne maison de sa famille : une grande bâtisse carrée dans un superbe parc. Elle suit une petite route qu'elle parcourait autrefois à scooter pour rejoindre son amoureux à l'orée de la forêt de Lunet. Sur la droite, des maisons blanches aux tuiles romaines ont remplacé les baraquements occupés par les Tziganes. Tout a commencé là et tout s'y est terminé. Sonia s'arrête au bord du ruisseau, ouvre la portière pour respirer l'air frais. Le jour se lève. La voilà dans ce lieu de son adolescence, sordide et magique à la fois. Sonia Dorliac, épouse de François Dorliac, mère de Caroline et Marine, a rendez-vous ici avec Sonia Modalès, fille du docteur Franck Modalès, amoureuse d'un étranger, d'un rien du tout et un peu chapardeur.

François est réveillé brusquement par la sonnerie de son portable. Il tend le bras : Sonia n'est plus à côté de lui. « Mais qu'est-ce que tu fous ? hurle son père dans le téléphone. On t'attend depuis près d'une heure. Nos invités s'impatientent ! » Le jeune homme saute du lit et court dans la salle de bains se doucher en vitesse. Où est Sonia ? François croit se souvenir qu'elle avait un patient à voir très tôt, et s'accroche à cette hypothèse peu convaincante.

Dans la salle de séjour, Marine et Caroline sont assises sur le canapé devant la télévision éteinte.

— Qu'est-ce que vous faites là ?

— On attend, dit Caroline. On n'a plus sommeil, on croyait que toi et maman vous dormiez encore !

— Où est maman ? demande Marine, prise d'un pressentiment.

— Je ne sais pas. Je vais l'appeler. Il faut que j'y aille ! Vous allez rester très sagement ici. Je vais demander à grand-maman de venir vous préparer votre petit déjeuner, dit François en se dirigeant vers la porte.

Son père le reçoit froidement. Paul Dorliac est un petit homme hautain, toujours vêtu avec soin. Il a le regard direct des patrons habitués à être obéis. Ses employés le respectent et, dans la profession, il est réputé pour son honnêteté, sa rigueur morale héritée d'une éducation protestante rigide.

— Qu'est-ce qui t'arrive ? demande-t-il à nouveau.

— Une insomnie, alors, j'ai pris un comprimé et voilà, je ne me suis pas réveillé. Il faut que maman aille préparer le petit déjeuner des filles.

— Et Sonia ? J'ai entendu sa voiture vers quatre heures du matin. Où est-elle ?

— Je ne sais pas, je dormais ! répond François en apprenant l'heure du départ de sa femme.

Il se force à sourire aux invités qu'il salue l'un après l'autre. Tous ont remarqué son visage défait, sa cravate de travers, mais leurs regards s'attardent surtout sur Paul Dorliac d'ordinaire impassible et dont la nervosité dénote une préoccupation inhabituelle.

Mesurant l'incapacité de son fils à mettre en valeur le vignoble du château, Paul prend en charge la visite, fait les commentaires. François en profite pour rester en retrait et appeler Sonia. Après plusieurs sonneries, la jeune femme décroche : « François ? Pardonne-moi. »

Cette fois, il a compris, il a envie de pleurer.

Sonia range son téléphone. Ici, il n'y a aucune place pour François, pour les filles, pour sa nouvelle famille : la voilà à l'endroit exact où elle a vu Guyla pour la première fois.

Elle était partie chercher du Coca, mais elle avait fait un long détour par la forêt alors que ses amis l'attendaient : un rendez-vous avec le destin ne se manque pas, il est inscrit depuis toujours, et rien ne peut le différer. Sonia s'étourdissait de vent, du bruit du moteur, et là dans le tournant, la roue avant avait dérapé sur les gravillons. Quand elle s'était relevée, il était devant elle, magnifique dans ses vêtements de chasseur : une apparition. Il souriait en lui tendant la main.

Sonia sort de la voiture, fait quelques pas au bord de la route. Que reste-t-il du passé ? Les baraquements ont disparu, le taillis où ils faisaient l'amour est devenu un parc à l'herbe verte. Plusieurs familles tziganes vivaient là, isolées du village, ignorées des habitants et souvent importunées par les gendarmes. Elle se souvient du vieux Morsko, bossu, le regard méchant sous sa casquette d'un autre temps. Il y avait aussi une ribambelle d'enfants. Guyla avait trois frères plus jeunes et deux sœurs mal vêtues.

Elle suit l'allée jusqu'au petit pont de bois qui enjambe la rivière. Le marécage a été planté de hauts peupliers. L'endroit est méconnaissable. Guyla l'emmenait souvent dans ses sentiers de braconnier. Il avait l'agilité du renard, la discrétion du chat et la vue de l'aigle. Rien ne lui échappait. Animal sauvage lui-même, sa manière de vivre n'était pas celle des hommes du village. Il savait tout de la nature, il connaissait chaque méandre de la rivière et les coins où se cachaient les gros poissons. Sonia se souvient de cet énorme brochet qu'il avait pris avec une ligne de fond, de la gueule de crocodile du poisson à la robe verte parsemée de taches blanches.

Après le pont, elle se dirige vers la maison des Coulomier. La grande bâtisse abandonnée se couvre de lierre ; la toiture perd ses tuiles. La cour est envahie d'herbes sèches et de ronces. Près de la porte défoncée, un jeune frêne a poussé, comme pour rappeler aux promeneurs le terrible drame qui s'est déroulé là. Deux personnes ont été assassinées à bout portant. L'homme était petit, rond, les cheveux gris, plein de tics au visage, et sa femme, plus grande, mal coiffée, habillée avec négligence. Pourtant, Sonia aimait les mains fines de Mélina Coulomier qui couraient sur le clavier du piano. Que s'est-il passé, ce 23 septembre 1998 ? Sonia n'a rien vu. Ou, plutôt, elle a vu ce qu'il ne fallait pas.

Elle marche lentement, retenue par l'appréhension de revoir l'endroit sordide qui peuple ses cauchemars. Le soleil monte dans le ciel, chaud et lourd. L'orage éclatera sûrement dans la journée. Paul Dorliac doit surveiller les nuages et consulter la météo toutes les cinq minutes : en quelques instants, la grêle peut ruiner l'espoir d'une année de travail patient...

Tout à coup, elle sursaute. Guyla est là, surgi de nulle part, comme le jour de leur rencontre. La discrétion d'un félin. Elle lui sourit.

— Je t'ai vue à l'hôtel. Je savais qu'on se retrouverait ici, déclare-t-il.

Il fait un pas vers elle, mais l'élan de la veille s'est brisé. Ses mains restent inertes, fermées. Sonia revient sur terre, prend soudain conscience du temps qui a passé et qui la sépare irrémédiablement de son amour de jeunesse. Paradoxalement, cela la rassure.

— La maison des Coulomier est abandonnée, dit-il pour rompre un silence qui l'éloigne d'elle.

Elle acquiesce.

— Tu te souviens, tu étais exactement à cette place et moi, je me suis approché sans bruit, comme aujourd'hui...

Avec les années, sa voix s'est un peu voilée. Le jeune garçon est devenu un homme dont elle ignore tout. Mais que savait-elle de l'adolescent ?

— Je ne m'attendais pas à te revoir...

— Moi si, je t'ai cherchée. J'ai appris que tu avais fait un très beau mariage. Félicitations.

À cet instant, elle comprend pourquoi elle ne s'est jamais sentie pleinement heureuse avec François. Le poids du passé ne l'a jamais laissée libre de ses mouvements et de ses sentiments. Le temps est venu de faire la part des choses. Elle voudrait être ailleurs, dans son cabinet à Saint-Émilion.

Guyla se dirige vers la bâtisse abandonnée, s'arrête devant la porte et se tourne.

— Ils étaient là.

Elle revoit les deux corps baignant dans leur sang. Prise de panique, elle s'éloigne vers la route. Guyla la rattrape.

— Tiens, dit-il en lui tendant une carte de visite. Mon portable. Si tu as besoin...

Sans un mot, Sonia prend la carte et monte dans sa voiture. Sur la départementale, elle roule très vite jusqu'à la route nationale puis ralentit pour échapper aux radars. Elle a fui alors que tout son être lui commandait de rester auprès de Guyla.

Elle rentre au domaine sans passer par son cabinet, redoutant la confrontation avec François et son beau-père dont la perspicacité perce tous les secrets, découvre ce qui se cache derrière les mots les plus ordinaires.

Plusieurs voitures sont stationnées en bordure du chai. La maison est vide. Le désordre dans la chambre des filles montre qu'elles se sont habillées en hâte pour partir. Dehors, Sonia entend les voix des clients qui ont fait le tour des vignes et reviennent vers la salle de dégustation. François qui l'aperçoit s'excuse auprès d'eux et la rejoint. Son visage fatigué, sa mine défaite montrent son inquiétude.

— Sonia, enfin... murmure-t-il en l'embrassant.

La jeune femme s'étonne :

— Je n'ai pas vu les filles ?

— Elles sont avec ma mère. C'est la journée pédagogique !

— C'est vrai, on est vendredi, j'avais oublié qu'elles n'avaient pas école.

— Ne te fais pas de souci, tout s'est bien passé. Je leur ai dit que tu avais été appelée pour une urgence.

Il parle comme ça, François, mais sa voix légèrement altérée, les mots qu'il prononce difficilement laissent paraître ses pensées profondes. Ici, dans cette cour inondée de soleil, en face du groupe d'invités qui se sont arrêtés devant l'entrée de la salle de réception, il ne peut pas poser de questions, conscient surtout que son père ne perd rien de la scène et ne manquera pas de lui reprocher la moindre faiblesse.

— Je vais retourner à mon cabinet. Je rentrerai à midi.

— Je déjeune avec les invités. À ce soir.

Sonia entre au « château ». Les filles qui étaient dans le salon en train de regarder la télévision se précipitent vers leur mère, la serrent avec plus de force que d'habitude, comme si elles avaient compris que son absence était grave, prélude à d'autres absences, à une vie plus compliquée.

Jeanne Dorliac arrive de la cuisine. Une grande femme mince, assez élégante. François lui ressemble, le même visage long, les mêmes joues creuses et le front un peu bombé. Jeanne embrasse sa belle-fille et lui propose de s'asseoir. Les deux femmes ne se sont jamais entendues : leurs relations se limitent à l'indispensable, aux petits tracas quotidiens. Fille unique d'un propriétaire de Saint-Hippolyte, Jeanne a apporté trente bons hectares d'un premier cru. Elle, non plus, n'a pas accepté une Sonia sans héritage et dont le père est condamné pour homicide. Son intransigeance rejoint celle de Paul. Elle parle peu, se contente de remarques toujours opportunes. Ses rares mots ont le tranchant d'une lame, sauf pour ses petites-filles à qui elle raconte d'interminables histoires, toujours les mêmes mais que les gamines lui réclament et gare si elle se trompe d'un mot !

— Votre urgence s'est bien passée ? demande Jeanne d'un ton dubitatif.

— Oui, très bien. Maintenant, il faut que j'aille à mon cabinet.

Sans rien ajouter, Sonia sort, gagne sa voiture d'un pas pressé sous le regard de François.

Elle s'échappe du domaine Dorliac. À mesure qu'elle roule en direction de son cabinet, elle redevient la jeune fille de Lembras. Dans la poche de sa veste, la carte de visite de Guyla pèse aussi lourd que du plomb.

Le soir, quand les invités sont partis, Paul Dorliac demande à François de le rejoindre dans son bureau. L'homme, grave, lance un regard dur à son fils.

— Tu as des nouvelles ? demande-t-il en s'asseyant dans son fauteuil en cuir noir.

— Des nouvelles de quoi ?

— De Sonia, parbleu, assène Paul Dorliac. Les filles ont tout raconté, votre dîner d'hier chez Jérôme Laplaud, l'arrivée de l'inconnu que Sonia ne quittait pas du regard. C'était tellement désobligeant que même le maître d'hôtel s'en est aperçu.

— Comment le sais-tu ?

— N'oublie pas que je suis très bien renseigné. Jérôme m'a téléphoné pour me faire une commande de vin et m'en a parlé tellement cela l'a choqué. Je te l'ai toujours dit : Sonia n'a pas sa place ici !

— Mais c'est ma femme, la mère de mes enfants ! s'écrie François en haussant le ton.

— Arrête ! tranche Paul. Je sais tout d'elle, j'en sais plus que toi parce que j'ai fait faire une enquête voilà quelques années. Mais tu n'as rien voulu entendre. Son comportement a toujours montré une grande légèreté, pour ne pas dire de la frivolité. Les femmes du château ne sortent pas avec « leurs copines », elles ne s'habillent pas d'une manière extravagante avec des jupes au ras des fesses, elles ont de la tenue ! Sonia, elle, ne s'est même pas cachée pour rejoindre son bellâtre dans un lieu inconvenant. N'ai-je pas raison ?

— Sonia reste traumatisée par son passé, soutient François.

— Quoi qu'il en soit, je n'accepterai pas que le domaine et notre famille soient éclaboussés par quelque scandale.

— Mais Sonia est une femme sérieuse qui travaille beaucoup ! Je comprends qu'elle ait besoin de se distraire.

— Pas comme ça ! La preuve, elle a toujours refusé que nous mettions les filles dans une école privée. Il est temps de leur donner une véritable éducation en leur faisant fréquenter des jeunes gens de leur milieu…

Sans rien ajouter, François quitte le bureau de son père, furieux.

Juin 1998.

Sonia était en première année de médecine à la faculté de Bordeaux. Elle avait passé son permis de conduire, mais par malchance, la voiture commandée pour le jour de son anniversaire, le 12 juin, ne devait être livrée qu'à la fin du mois. Cela n'avait pas d'importance, Sonia se contenterait de son scooter bleu, premier gage d'une liberté très surveillée. C'était une jolie brune, pleine de vie, gaie, qui plaisantait toujours. Le docteur Franck Modalès, maire de Lembras, en était fier. De son côté, la jeune fille mesurait sa chance : une famille aisée, des parents en qui elle avait une entière confiance, des amis fidèles : Line Nagerelle, l'aînée d'un négociant en vins, Lola et Inès Genas, ses confidentes, son meilleur ami Maxime Corset, qui était en deuxième année de médecine, Tanguy Morlet, grand fantaisiste ayant toujours une bonne blague à raconter.

La fête d'anniversaire devait se dérouler dans la belle maison de ses parents partis en week-end sur l'île de Ré. Le médecin avait fait ses dernières recommandations à Maxime, le plus sage de la bande en qui il avait une grande confiance.

— Surtout fais bien attention : pas de beuverie chez

moi. Vous dansez, vous vous amusez, mais je ne veux pas retrouver la maison sens dessus dessous.

Le samedi après-midi, le groupe d'amis se rendit chez Sonia pour l'aider à préparer la salle. Maxime dirigeait les opérations. Lola, Inès, Line et Tanguy accrochaient des guirlandes sur les murs et au plafond. La grande maison était à eux et ils en profitaient pour faire ce qu'ils n'auraient jamais osé en présence du docteur : mettre de la musique très fort, déplacer les lourds meubles et brûler des bâtonnets d'encens.

Vers le milieu de l'après-midi, on s'aperçut qu'on manquerait de Coca. Maxime en parla à Sonia qui décida d'aller en commander à Bergerac : le traiteur le livrerait avec le reste. Maxime proposa de téléphoner, ou d'aller le chercher lui-même avec sa voiture. La jeune fille refusa et partit sur son scooter, heureuse d'échapper pour un instant à l'agitation générale. Qu'est-ce qui la poussa à prendre la petite route qui traversait la forêt de Lunet ? Une de ces lubies qui, parfois, déterminent la vie tout entière.

Elle passa devant le camp des Tziganes installés là depuis près de deux ans. Ils avaient construit des baraques en planches et en tôles où s'entassaient plusieurs familles. On les accusait de voler les légumes dans les potagers et de chaparder dans les boutiques. Des pétitions circulaient pour que le maire prenne un arrêté d'expulsion, mais le docteur Modalès, très attaché à son éthique bourgeoise, se voulait un homme de cœur : le propriétaire n'ayant pas manifesté son intention de récupérer son terrain, il n'intervenait pas.

Elle passa devant les baraquements sous les aboiements des chiens attachés depuis qu'un enfant s'était fait mordre, et poursuivait en direction de la route départementale de Bergerac. Sonia ne se pressait pas. Il faisait chaud, la soirée s'annonçait merveilleuse, la jeune fille chantait.

Dans un tournant, la roue avant du scooter dérapa sur du gravier et finit sa course sur le bas-côté. Sonia poussa un cri de rage, se redressa en époussetant les brindilles accrochées à son blouson.

Un garçon était en face d'elle, grand, brun, les cheveux légèrement frisés, les yeux noirs. Il avait les épaules de Maxime et le beau visage de Tanguy. Sonia n'osait pas bouger. Le sourire de l'inconnu répandait en elle une lumière d'or. Elle flottait sur un léger nuage, le cœur plein d'un curieux sentiment fait d'envie, de joie et en même temps de crainte.

— Moi, c'est Guyla, dit le jeune homme d'une voix dont Sonia n'entendit que le charme. Et vous ?

Le contact de la main qui l'aidait à se relever brûlait la jeune fille. Elle dégrafa le casque qui cachait son visage, et les amples boucles de ses cheveux châtains retrouvèrent leur volume. Sonia remarqua combien le jeune homme était élégant malgré sa veste de chasse grise et son pantalon trop court, avec une grâce naturelle qu'aucun vêtement mal ajusté ne pouvait gâcher. Une légère barbe assombrissait son menton.

— Je ne vous avais jamais vu ici, s'étonna la jeune fille en inspectant son scooter.

— Pourtant, j'habite là depuis plus d'un an.

— Vous venez d'où ?

— De là-bas, indiqua-t-il d'un geste vague. Il ne fait pas bon y vivre. On a rejoint notre père qui est ici depuis trois ans avec ses frères.

— Vous êtes dans quelle classe ? demanda Sonia, troublée au point de ne pouvoir remonter sur son scooter.

Il sourit, découvrant ses magnifiques dents blanches, et prit un air grave.

— Là-bas, on ne parle plus d'école quand on a dix-huit ans. On travaille depuis longtemps.

— Mais comment se fait-il que vous parliez aussi bien le français ?

Il sourit encore, baissa ses beaux yeux aux longs cils et s'approcha de Sonia.

— Le français ? Je l'avais appris lors d'un premier séjour dans la région parisienne. Et puis nous avons été expulsés.

— Qu'est-ce que vous faites ?

Sonia regretta son indiscrétion. La conversation avait assez duré ; elle devait aller acheter du Coca et rejoindre ses amis au plus vite.

— De la musique ! Nous avons une petite formation avec mes frères et mes cousins. On joue des airs tziganes dans les restaurants à Bergerac, à Libourne et aussi à Bordeaux, puis on fait la quête.

— Moi, je joue du piano, dit Sonia mesurant un peu tard qu'elle venait de parler ainsi pour se mettre en valeur.

— Moi, c'est le violon, instrument traditionnel chez les Tziganes. Nous savons jouer en naissant !

— Il faut que j'y aille. Ce soir, je donne une fête pour mes dix-huit ans.

— Vous êtes la fille du docteur Modalès. Je vous avais remarquée. Vous dites que vous donnez une fête ? On peut venir jouer, ce sera gratuit.

— Pourquoi pas ?

Sonia coiffa son casque, monta sur son véhicule et s'éloigna en se demandant pourquoi elle avait accepté aussi facilement la proposition de Guyla. Elle alla commander le Coca puis rentra chez elle où ses amis avaient entièrement décoré la grande salle. Sur une longue table, Lola et Inès avaient disposé des verres et des bouteilles. Le traiteur qui devait apporter un buffet froid arriverait bientôt avec les sodas. La musique donnait à l'austère demeure un air de jeunesse qui ne déplaisait pas à Sonia.

Les invités commencèrent à entrer. La pièce se remplissait de groupes joyeux qui échangeaient des propos bruyants. Sonia les accueillait avec chaleur, pourtant Maxime avait remarqué derrière le sourire de la jeune fille une sorte de crispation, une retenue, comme si ses pensées étaient ailleurs. Il lui en demanda la raison.

— Rien, tout va bien ! répondit Sonia.

Elle ne savait comment lui parler de sa rencontre et de la prochaine venue de l'orchestre tzigane. Elle se dit, pour justifier sa lâcheté, que ce serait une surprise.

Le traiteur recula sa camionnette blanche tout près de la maison, déchargea les plats, aidé par Maxime et les volontaires qui ne manquaient pas. Enfin, il salua Sonia, souhaita à tous une bonne soirée et repartit. La maison du docteur Modalès, entièrement éclairée, devenait le lieu d'une fête extraordinaire. Les passants s'arrêtaient au portail ouvert, souriaient, échangeaient des propos pleins de sous-entendus : que ne ferait pas ce bon docteur pour être agréable à sa fille unique ?

La musique invitait les convives à se trémousser sur la piste dont le vieux parquet craquait. Quelques bouteilles de whisky circulaient sous l'œil attentif de Maxime. « Pour éviter un drame, ceux qui conduisent n'y ont pas droit », avait-il déclaré.

Le comportement de Sonia le préoccupait. Elle, d'ordinaire si joyeuse, toujours prête à entraîner les autres, dansait peu, vérifiait constamment que les vivres ne manquaient pas, allait chercher d'autres bouteilles dans la réserve et surtout passait beaucoup de temps à la porte à contempler la nuit.

Vers dix heures, alors que la fête battait son plein, une vieille voiture des années 1970 se gara dans le parc. Personne ne la remarqua sauf Maxime que le comportement de Sonia maintenait sur le qui-vive. Quatre jeunes gens en sortirent. Maxime se dit que ces trouble-fête devaient être refoulés et fit signe à plusieurs garçons avec qui il jouait au rugby de venir lui prêter main-forte. Il fut un instant déconcerté par les étuis d'instruments de musique, mais quand ils passèrent dans la lumière, il comprit tout de suite.

— Des Manouches, constata-t-il. Faut pas les laisser entrer. Ils ne sont que quatre, on devrait avoir le dessus.

L'irruption de Guyla et son orchestre avait jeté un froid dans l'assistance. Les danseurs se regroupèrent près de l'entrée. La musique s'arrêta, plongeant la pièce dans un lourd silence.

— Bonsoir, dit le Tzigane à Maxime. Sonia nous a demandé de venir jouer de la musique pour son anniversaire.

Maxime lança à Sonia un regard interrogateur. La jeune fille ne pouvait détacher ses yeux du bel étranger, plus grand que son ami, avec des épaules tout aussi solides et cette souplesse, cette légèreté de chat qui manquait au fils du pharmacien. Ses cheveux coiffés avec soin luisaient dans la pénombre. Il souriait à Sonia qui ne bougeait pas, hypnotisée. Enfin, consciente que tous attendaient des explications, elle déclara :

— Je voulais vous faire une surprise. C'est moi qui ai demandé à ces jeunes de venir jouer.

À contrecœur, Maxime céda le passage à Guyla et son groupe. Pendant qu'ils s'installaient au milieu de la piste, il entraîna Sonia à part :

— Qu'est-ce qui t'a pris ? Ces gars-là n'ont rien à faire ici. Tu sais aussi qu'ils sont bagarreurs ! Je ne voudrais pas que ta soirée se termine mal !

— Mais non, répliqua la jeune fille. Guyla est un garçon honnête et doux. Tu vas voir, c'est un très bon violoniste.

— Comment ça ? Tu le connais ?

— Un peu, oui.

Les musiciens accordèrent leurs instruments. Leur présence avait cassé l'ambiance. Des groupes bavardaient en leur jetant des regards méfiants. Guyla ne quittait pas Sonia des yeux, et cela agaçait Maxime qui avait envie d'en découdre.

La musique commença par des airs d'Europe centrale, diablement entraînants, le violon de Guyla scandait la joie, la peine, riait, pleurait dans une folle cadence. Sonia, debout à côté de la table encombrée de plats de charcuterie et de bouteilles, se donnait à la musique qui l'emportait loin de la grande maison bourgeoise, loin de Lembras et de ses amis, dans un ailleurs dont elle avait toujours rêvé, mais qu'elle n'aurait su définir.

Après une dizaine de morceaux, Maxime proposa à boire aux violonistes, puis les pria de ranger leurs instruments en leur montrant la porte :

— Merci pour votre prestation, mais cette soirée est privée, nous devons rester entre nous.

Sonia voulut protester ; le regard que lui lança Maxime la retint. Pour montrer son désaccord, elle accompagna Guyla jusqu'à sa voiture.

— J'ai adoré, dit-elle pour s'excuser.

— Merci. Nous avons joué pour vous, uniquement pour vous.

Il s'approcha et l'attira contre lui. La jeune fille ne sut pas résister à l'élan profond qui la poussait vers cet étranger dont elle ne devait rien attendre. De la porte, Maxime qui avait vu l'étreinte et le rapide baiser serrait les poings.

La vieille voiture s'en alla. Sonia, sous le charme de ce contact désiré et en même temps redouté, attendit que les phares aient passé la haute haie pour revenir vers la maison. Maxime attendait des explications, mais elle ne voulut pas se justifier. Elle demanda qu'on remette de la musique, très forte. Elle but deux verres de whisky, s'étourdit de danse jusqu'à ce que Maxime la prenne à part.

— Voilà que tu es complètement saoule. Qu'est-ce que vont dire tes parents ?

— M'en fous !

— Eh bien, pas moi. Si tu ne te tiens pas un peu mieux, je mets tout le monde dehors et tant pis pour ta fête !

— Fais ce que tu veux.

De très mauvaise humeur, Maxime insistait auprès d'une Sonia absente.

— C'est ce Manouche qui t'a tapé dans l'œil ? J'ai vu qu'il t'embrassait avant de partir. Tu sais ce que tu fais ?

— Ne te mêle pas de ça !

Elle se planta vivement face au jeune homme surpris. Son regard exprimait une volonté qui en faisait une autre, différente de la Sonia qu'il aimait.

— Tu entends, Maxime, si tu te mêles de ça, je te jure que je ne t'adresse plus jamais la parole.

Ce fut lui qui céda. Ses épaules s'affaissèrent, il baissa la tête, comme vaincu par la détermination de son amie.

— Tu sais, Sonia, on est de bons copains tous les deux, on sort ensemble, on se voit beaucoup et je sais que cela ne déplaît pas à nos parents, murmura-t-il. Mais ce n'est pas pour leur faire plaisir que je reste avec toi. Voilà, je suis jaloux !

— Eh bien, tant pis pour toi. Il n'y a jamais rien eu entre nous, à part un petit flirt sans importance.

— Moi, je pense toujours à toi, confessa Maxime. Je rêve de toi, je ne regarde jamais une autre fille parce qu'à côté de toi, je la trouve moche. C'est dit : je suis amoureux de toi depuis longtemps !

Il s'exprimait d'une voix calme, comme un adulte parlerait d'un amour vieux de plusieurs années. L'aveu de son sentiment né au cœur de l'enfance le libérait, même si l'occasion n'était pas la mieux choisie. Émue, Sonia hésita un instant, puis murmura :

— Moi, je ne suis pas amoureuse de toi. Tu es un très bon ami, un frère si tu veux, mais cela n'ira pas plus loin

Maxime s'en prit à Tanguy en train de bricoler la platine. Plus personne n'avait envie de danser. Sonia, assise sur sa chaise, était au bord des larmes.

Un à un, les convives repartirent chez eux. Bientôt, la vaste salle fut vide ; il ne restait que Sonia et Maxime qui mettaient de l'ordre. Enfin, il décida :

— Va te coucher, demain nous viendrons t'aider à tout ranger.

Il prit sa veste et s'en alla à son tour, laissant la jeune fille seule dans une maison qui sentait le tabac. La musique entraînante de Guyla ne quittait pas son esprit. Le sentiment nouveau qui occupait ses pensées l'éloignait de son environnement habituel ; la peur lui pinçait le ventre. La porte d'entrée était restée ouverte sur la nuit d'été ; elle espérait naïvement que Guyla allait revenir. Des voitures longeaient derrière les murs de la propriété, le bruit des moteurs s'éloignait et le silence de la vieille maison retombait, écrasant. Elle eut envie d'appeler sa mère puis renonça et monta se coucher.

Le lendemain, vers onze heures, Maxime, Tanguy, Lola, Inès et Line arrivèrent pour nettoyer la pièce et replacer les meubles. Ils trouvèrent Sonia au lit. Elle n'avait réussi à s'endormir qu'aux premières heures du matin et émergeait difficilement d'un épais sommeil. Elle remercia ses amis, s'habilla rapidement et descendit les aider au rangement. Maxime avait retrouvé son entrain, et il ne fit aucune allusion à ce qui s'était passé la veille.

Quand tout fut en ordre, la pièce balayée et aérée, il était presque treize heures. Ils s'attablèrent pour un rapide déjeuner fait des restes de la veille. On parlait de la soirée et les regards s'attardèrent sur Sonia qui n'avait pas retrouvé son comportement ordinaire. Tanguy, le premier, parla à sa manière de l'incident :

— Ces Tziganes sont de vrais artistes. Ils vivent la musique, sans l'avoir apprise, ils sont capables des meilleures prouesses techniques ! Franchement, Guyla m'a épaté.

— Tu les as rencontrés où ? demanda Line avec son petit air mutin.

— Par hasard, répondit Sonia. Mais n'en parlons plus. Je croyais que cela ferait une belle diversion et c'est raté. Je vous demande pardon pour cette soirée qui ne s'est pas aussi bien terminée que je l'aurais voulue.

— T'en fais pas, la rassura Inès en riant.

Maxime n'avait pas pris part à la conversation.

Quand les parents de Sonia revinrent dans l'après-midi, tout était en ordre, la pièce rangée et nettoyée. Une odeur indéfinissable flottait encore dans l'air, mais ils semblèrent ne pas la remarquer. Angélique Modalès trouvait un air bizarre à sa fille.

Dans la soirée, Sonia prétexta de rapporter ses cours à Maxime pour aller prendre l'air. Elle emprunta la route de Bergerac jusqu'aux premières maisons de la ville, roulant pour le plaisir de sentir le vent et voir défiler un paysage familier. Elle oubliait ses contradictions et devenait une autre. Il lui semblait avoir franchi un cap décisif ; la jeune fille timide et bien élevée était prête à devenir une femme décidée.

Puis elle fit demi-tour et revint à Lembras par la petite route qui longeait la forêt. À travers le rideau d'arbres, elle aperçut la vaste maison des Coulomier derrière les cabanes des Tziganes. Son cœur accélérait et battait plus fort que jamais. L'irrésistible envie de voir Guyla se doublait d'une peur profonde, comme si sa vie allait en dépendre. Son père serait tellement contrarié s'il la voyait là !

Elle s'arrêta juste avant les baraquements d'où provenaient des cris d'enfants et des aboiements. Elle ôta son casque pour profiter de la fraîcheur de l'air et tendit son visage à la brise. La sensation d'une présence la fit se retourner vivement. Guyla se dirigeait vers elle et lui souriait.

— Bonjour, Sonia.

Elle n'eut pas la force de répondre, toute au tumulte qui la paralysait. Guyla s'approcha sans un mot, l'attira contre lui et posa ses lèvres sur les siennes. Sonia se laissa emporter comme si toute sa vie n'avait eu d'autre but que cet instant. Elle ignorait tout de Guyla et pourtant rien en lui ne la surprenait. C'était sûrement ça qu'on appelait un coup de foudre !

Ils restèrent longtemps enlacés, échangeant de longs baisers. La nuit tombait. Sonia dut se résoudre à se séparer lentement du jeune homme et se dirigea vers son scooter.

— Mes parents vont se faire du souci, s'excusa-t-elle.

Il n'insista pas. Quand elle se retourna, Guyla avait disparu, de nouveau évanoui dans la nature sans le moindre bruit ni le moindre craquement de brindille, en chasseur.

Septembre 2012.

Ce soir, Sonia rentre au domaine Dorliac la tête lourde, l'esprit torturé par la pensée de ses filles à qui elle refuse de faire payer la rançon de son passé. Elle se sent, malgré elle, emportée par un engrenage fatal dont elle redoute les conséquences. A-t-elle eu raison de retourner à Lembras ?

Elle franchit le portail, et aperçoit François et son père qui bavardent devant le chai. Elle arrête sa voiture à sa place habituelle, près du garage. Paul ne la lâche pas du regard.

Elle sort de son véhicule, rentre chez elle sans se préoccuper des deux hommes. Le silence des pièces tranche avec le bruit familier des filles qui, en l'entendant ouvrir la porte, accourent pour l'embrasser. Comment trouver la force d'aller chercher Marine et Caroline au château, de croiser le regard de son beau-père, d'affronter les propos d'apparence insignifiants mais pleins de sous-entendus de sa belle-mère ?

Elle s'assoit sur le canapé. La pensée de Guyla l'obsède et complique tout. Elle cherche dans sa poche la carte de visite, lit le numéro de portable. Alors l'envie de quitter ce paraître, ce simulacre destiné à cacher les blessures et les hontes du passé, se fait pressante. Seule la pensée de rendre malheureux François et ses filles la retient : l'amour qu'elle porte à Caroline et Marine ne changera jamais, même si une partie de son être la pousse vers Guyla. Mais François ?

Justement, celui-ci arrive, chausse ses pantoufles, puis embrasse sa femme.

— La journée s'est bien passée ?

— Comme d'habitude.

Tout comme Sonia, il pense à la soirée d'hier. Guyla, l'intrus dans cette maison, se dresse entre eux. Après avoir revu la cour des Coulomier, l'emplacement où gisait le couple assassiné, elle ne se sent plus chez elle ici : la fantaisie de cet intérieur aménagé avec goût ne lui parle plus.

— Ma mère veut emmener les filles à la mer demain puisque c'est samedi. Ce sera plus simple pour toi.

Sonia est d'accord. Éloigner les filles la laisse libre de ses mouvements. Elle ne sait pas ce qu'elle va faire, mais elle doit se ressaisir pour ne pas se laisser envahir par un passé destructeur.

— Maintenant, il faut que tu me dises la vérité. C'est lui que tu es allée rejoindre cette nuit ?

Elle secoue négativement la tête. Le voilà rassuré. La pensée que Sonia l'avait quitté pour cet aventurier l'a tourmenté toute la journée. Un léger sourire plisse ses lèvres. Il la prend dans ses bras pour bien montrer que l'incident est clos.

— Je suis allée à Lembras, murmure Sonia. J'avais besoin de retrouver le lieu du drame ; je n'y étais pas retournée depuis 1998.

— Tu y es allée seule, je suppose.

— Qu'est-ce que tu vas t'imaginer ?

François la sent embarrassée et devine tout de suite qu'elle a menti.

— J'ai compris ! Guyla a retrouvé la place qui a toujours été la sienne dans ton cœur, hurle-t-il.

Elle se mord la lèvre en entendant ce mot qui sonne étrangement dans la bouche de son mari.

— Il était avec moi quand le drame s'est produit. Il a disparu tout de suite après et je ne l'ai jamais revu jusqu'à hier soir ! Tu comprends que…

— Je ne comprends que trop bien.

François qui cache mal sa colère, marche jusqu'à la fenêtre pour se calmer un peu puis revient s'asseoir sur le canapé. Après avoir pris une profonde inspiration, il demande d'une voix tremblante :

— As-tu une idée de l'endroit où se cache ton père ?

Elle ne s'attendait pas à cette question. Voilà qu'il évoque un sujet tabou, volontairement évité ces dernières années. Sonia ne voulant qu'envisager l'avenir n'a jamais cherché à revoir sa mère qui vit à Bergerac. Elle a même souhaité la mort de son père.

— Je n'en sais rien. J'ai cru que je pouvais oublier. Et pour toi, pour les filles, je suis devenue une autre Sonia, celle que vous connaissez. Je ne veux pas revenir en arrière.

Cette affirmation montre que cette question se pose au fond d'elle-même. François a compris qu'il ne peut rien contre cela. Depuis longtemps, il redoutait que le drame de Lembras détruise son couple. Un appel, une visite pouvait remettre en cause ce qu'il a construit envers et contre tous. Ce moment est arrivé, il ne sait comment lui faire face.

— Tu l'as revu, n'est-ce pas ?

Le silence de Sonia est un aveu. François se lève vivement, le visage blême.

— Dans ce cas…

— Maman ! Maman !

La porte s'ouvre, la poignée frappe la cloison avec un

bruit sourd. Habituellement François se fâche parce que ça abîme la peinture. Ce soir, il ne bronche pas quand les filles accourent vers leur mère. Sonia les serre dans ses bras, puis les repousse.

— Il faut que j'aille préparer à manger…

Le réfrigérateur est presque vide. Souvent, sa belle-mère fait les courses pour les deux maisons, mais aujourd'hui avec Caroline et Marine à garder, Jeanne n'a pas eu le temps.

— Ça ne fait rien, décide Sonia, on va se débrouiller.

Elle déniche au congélateur des barquettes de poisson qu'elle met à dégeler au micro-ondes. Caroline dispose les couverts sur la table. D'ordinaire, il faut se fâcher pour qu'elle mette le couvert, ce soir, personne n'a eu besoin de le lui demander. Marine regarde son caillou et constate :

— J'arrive pas à croire que la coquille est tombée au fond de la mer et que le caillou s'est formé autour.

— Mais si, réplique François, comme nous, les pierres naissent et…

— Et meurent ! ajoute Caroline en posant les fourchettes sur la nappe.

— On peut aussi dire qu'elles se transforment, précise Sonia en coupant en rondelles deux tomates trouvées dans le bac du réfrigérateur. Rien ne meurt vraiment, tout change d'aspect et de vie.

— Même le soleil ? s'inquiète Marine.

— Oui, le soleil disparaîtra dans sa forme actuelle et la terre aussi !

— Et alors… murmure Marine sans aller au bout d'une pensée qui la terrorise.

— Mais c'est dans tellement longtemps que tu ne peux pas l'imaginer, conclut Sonia.

À table, les filles multiplient les questions à leur mère qui répond avec sa précision habituelle. François se tait, conscient que Sonia parle pour échapper à ce qui la préoccupe.

Le lendemain matin, après une nuit d'insomnie, François rejoint son père qui examine les candidatures proposées par l'agence de recrutement pour les prochaines vendanges. Quand il entre, Paul lève sur lui son visage fermé et pose un coude sur la liasse de documents.

— On reprend les anciens, sauf ces deux qui pensent plus à boire qu'à travailler, dit-il en tendant à son fils deux CV avec photo.

Puis Paul lui présente une autre photo où l'on distingue un parking sombre avec, au premier plan, une silhouette qui marche vers la porte illuminée du Sofitel.

— C'est Sonia ! s'exclame François, surpris.

— Oui, Sonia s'est rendue la nuit dernière à cet hôtel où réside le musicien. Je tenais à t'en informer.

Paul affiche un petit air de triomphe : la déconvenue de son fils semble le rendre heureux.

— Mais comment as-tu eu cette photo ?

— Elle a été enregistrée par la caméra de surveillance. C'est mon ami Ferrant qui me l'a envoyée. T'en faut-il plus encore ? demande Paul en tendant un second cliché montrant Sonia dans le hall de l'hôtel.

François accuse le coup. Paul gagne une fois de plus, son regard exprime sa pensée : « Je t'avais averti et tu n'as pas voulu m'écouter. Ce qui arrive était prévisible. Il ne fallait pas laisser entrer cette fille dans notre famille. Tu ne récoltes que ce que tu as semé ! » Il explose :

— Sonia ne s'est jamais sentie chez elle ici ! Et c'est de votre faute, à toi et à maman !

Durant toute la matinée, les deux hommes s'évitent. Ils parcourent les vignes chacun de leur côté, testent la maturité du raisin en mesurant sa teneur en sucre. À midi,

François déjeune seul chez lui d'un morceau de pain et de fromage. Son père vient le trouver vers quatorze heures.

— On va aux vignes des Combes, propose-t-il comme si rien ne s'était passé. Franchet m'a dit qu'il y avait un peu d'oïdium.

Ils passent l'après-midi ensemble sans échanger un mot. Le soir venu, François rentre directement chez lui où Sonia est en train de préparer le repas. Elle a bien rejoint Guyla à l'hôtel et ne lui en a rien dit. Et, cet après-midi, est-elle restée dans son cabinet ou profité de ses visites à domicile pour retrouver celui qui est probablement devenu son amant ?

Les filles arrivent de la salle de bains et demandent à leur père de leur sécher les cheveux. Pour détendre l'atmosphère, il lance :

— Demain, c'est dimanche, on va se promener tous les quatre.

— Chouette ! s'écrie Marine.

Caroline se contente d'un sourire en coin. François interprète le silence de Sonia comme un désaveu, l'envie d'être libre de rejoindre son ami. N'a-t-il pas parlé comme cela pour l'emprisonner, pour l'obliger à rester avec lui ?

Une fois les filles au lit, Sonia et François se retrouvent au salon. Ils regardent un moment la télévision dont le son est baissé puis décident d'aller se coucher. Le silence entre eux est lourd de pensées qu'ils n'expriment pas : en parler leur donnerait une force destructrice. Chacun de son côté, ils cherchent vainement le sommeil. N'y tenant plus, François avoue :

— J'ai vu les photos de toi au Sofitel et quand tu traverses le hall.

C'est dit, une bombe allumée dans le silence et parce qu'il ne pouvait plus garder ça pour lui. Sonia bouge.

— C'est vrai, je suis allée à l'hôtel, mais j'ai fait demitour avant l'ascenseur.

— Tu allais le rejoindre, n'est-ce pas ?

— En arrivant à la porte de l'ascenseur, j'ai pris conscience de ce que je faisais. Alors j'ai rebroussé chemin.

— Qu'est-ce qui me le prouve ?

— Tu crois ce que tu veux, mais je ne t'ai jamais trahi !

Le lendemain, dimanche, les filles se réveillent plus tôt que d'habitude. Sonia leur fait remarquer que lorsqu'il y a l'école, elles rechignent à se lever, et que ce matin, alors qu'elles pourraient faire la grasse matinée…

— Nous allons à Périgueux visiter une maison gallo-romaine, annonce François.

— Super ! s'exclame Caroline qui a redouté jusqu'au dernier moment une « urgence » de sa mère.

La journée se passe bien. François multiplie les explications sur les Romains, leur présence à Périgueux, leur manière de vivre. Sonia, toujours préoccupée, répond brièvement aux questions des filles. François a remarqué qu'elle consultait souvent son téléphone, mais qu'elle le coupait aussitôt comme si elle attendait un appel auquel elle ne veut pas répondre devant lui. Après la visite de la villa-musée, ils vont se promener dans les rues et rentrent au domaine à la tombée de la nuit. D'ordinaire, le dimanche, toute la famille dîne au château. Mais Sonia se dit fatiguée et François n'a pas envie de supporter les regards pleins de sous-entendus de son père.

Sonia a réfléchi une partie de la nuit. Le retour de Guyla a ravivé les questions sans réponses qui sommeillaient au fond de sa mémoire. La porte des souvenirs est entrebâillée, elle n'a pas d'autre alternative que de l'ouvrir en grand et affronter ce qui continue de l'effrayer. Une telle occasion ne se représentera pas.

Son portable sonne, c'est François.

— Que se passe-t-il ? demande-t-il au bord de la colère. Où es-tu ? J'ai appelé à ton cabinet, Stéphanie m'a dit que tu n'étais pas arrivée.

— Je suis en voiture. Je vais à Bergerac.

— Ah bon ? Mais pourquoi ?

— Je vais voir ma mère. Je pense à cela depuis quatorze ans : frapper à sa porte et lui demander pardon. Le moment est venu.

— Qu'est-ce que tu racontes ? crie François. Et tes patients ?

— Je me suis arrangée.

— J'ai compris, réplique vertement François en coupant la communication.

Il ne la croit pas. Pourquoi Sonia irait-elle voir sa mère après tant d'années de silence ? François a la certitude qu'elle rejoint son beau musicien. D'un geste brutal, il rafle les bibelots qui se fracassent au sol dans un bruit de vase cassé. Il renverse encore une petite table, puis se reprend. Le voilà dans la situation qu'il redoutait depuis longtemps : Sonia, la seule femme qui compte pour lui, le trompe !

— Elle me ment, c'est certain ! murmure-t-il pour bien s'imprégner de l'horrible constat.

Mais il n'a pas le temps de s'apitoyer sur lui-même. Le raisin est mûr, il faut le cueillir. François doit embaucher les travailleurs saisonniers, préparer les cuves de fermentation, vérifier les tonneaux neufs où le jeune vin va grandir. Pourtant, sans Sonia, le château Dorliac n'a plus d'importance. Le gentil garçon au cœur sensible n'est pas à la hauteur d'un Paul Dorliac qui a toujours placé le domaine avant les sentiments personnels. D'ailleurs celui-ci l'appelle :

— Les Asiatiques ont passé les commandes. On ouvre là un marché très prometteur. Je t'attends au bureau.

La mine défaite de son fils n'échappe pas à Paul qui porte une main à ses cheveux gris très courts.

— Ça ne va pas ? demande-t-il.

— Mais si, tout va bien, répond François, agacé. Sonia a emmené les filles à l'école avant de se rendre à son cabinet.

Paul lui lance un regard étonné. Pourquoi François se sent-il obligé de parler de la sorte ? N'est-ce pas normal que Sonia ait conduit les filles à l'école comme tous les matins ? La vieille querelle entre les deux hommes refait surface. Leurs désaccords, leurs disputes lorsque François a voulu épouser Sonia ne sont pas oubliés. Paul a cédé devant un fils qui menaçait de quitter le domaine, le moment est venu de remettre chaque chose à sa place.

— Je vois à ta tête que vous vous êtes disputés !

— Mais non, je t'assure !

— Ce n'est pas à un vieil âne qu'on apprend à donner des coups de pied.

Paul occupe toute la place, impose ses points de vue sans alternative, pourtant, depuis qu'il lui a montré les photos de Sonia dans le hall du Sofitel, François sait qu'il n'a pas abdiqué.

— C'est vrai que je te parle d'une manière un peu brutale, tempère Paul, mais ce qui se passe est grave. Si tu cèdes, tu seras la risée de tout le monde. On te considérera comme un moins que rien.

— J'en ai rien à foutre ! hurle François en sortant et claquant la porte.

Il court chez lui pour cacher son envie de pleurer.

Sonia roule en direction de Bergerac. Son intention est bien de rendre visite à sa mère, mais à mesure qu'elle s'éloigne du domaine, la pensée de Guyla s'impose, obsédante. La carte est toujours dans sa poche. Tout à l'heure, avant de partir, elle a pris soin de ne pas l'oublier. Était-ce seulement pour éviter que François ne la trouve ?

Arrivée dans les faubourgs de Bergerac, elle s'arrête pour téléphoner à son mari, puis se ravise, comprenant que c'est uniquement pour retarder la confrontation. Ce voyage vers sa mère, Sonia l'a fait de nombreuses fois sans jamais oser aller au bout.

Elle reprend sa route. La voilà dans la rue. Elle ralentit ; ses mains tremblent sur le volant, son pied hésite sur l'accélérateur. Une sourde émotion l'étreint ; comment se présenter devant celle qui l'a maudite, qui l'a définitivement rejetée ? Angélique peut-elle lui pardonner son témoignage fatal et la condamnation de son époux, le docteur Franck Modalès ?

L'heure des explications approche. Sans cette inévitable confrontation qu'elle redoute, Sonia ne peut se libérer de ses entraves. Reculer une nouvelle fois, après le retour de Guyla serait l'ultime lâcheté qui la conduirait là où elle ne veut pas.

L'immeuble blanc qu'habite Angélique Modalès depuis la vente de la maison de Lembras se dresse devant elle. Sonia arrête sa voiture en dehors du parking pour que sa mère qui est peut-être à sa fenêtre ne la voie pas, pousse la portière sans la claquer, comme si elle redoutait de se faire remarquer. L'entrée est fermée : la jeune femme n'a pas le code. Sonia attend, prête à rebrousser chemin, à céder encore une fois quand une vieille femme traverse le hall, lui sourit en la laissant passer. La visiteuse consulte les boîtes aux lettres : Angélique Modalès habite au troisième étage. Sonia préfère l'escalier à l'ascenseur pour retarder l'instant de la confrontation. Au troisième, elle cherche la sonnette, hésite longuement, puis, inspirant profondément, appuie sur le bouton et attend. Angélique n'est sûrement pas chez elle. Sonia en est soulagée et s'apprête à faire demi-tour avec la bonne conscience d'avoir voulu aller au bout de son devoir quand une clé tourne dans la serrure ; Angélique est là devant elle, inchangée après quatorze années. Elle marque sa surprise, puis se ressaisit et demande sur un ton sec :

— Qu'est-ce que tu me veux ?

Sonia ne sait que répondre. La gorge nouée, elle ouvre la bouche sans parvenir à prononcer un mot. Angélique contemple un instant celle qui était encore une adolescente quand elle l'a vue pour la dernière fois, devenue une femme élégante. Elle devrait la rejeter à grands cris, mais la haine qu'elle avait crue si forte ne l'empêche pas de murmurer :

— Puisque tu es là, entre. On ne va pas se donner en spectacle.

Sonia passe devant sa mère, sans la regarder, la tête basse, comme une collégienne de retour après une fugue. Angélique ferme la porte, puis se plante face à la revenante restée dans l'entrée. Ses cheveux qu'elle porte toujours assez courts ont blanchi, quelques rides durcissent son visage.

— Que me veux-tu ? Fais vite, je suis pressée.

Sonia secoue la tête. Un sanglot soulève ses épaules, sa mère reste indifférente.

— Guyla est revenu, murmure-t-elle.

— Et alors ? En quoi cela me concerne-t-il ? Tu as tué ton père pour lui. Qu'est-ce que tu attends pour le rejoindre ? Pour faire encore des malheureux autour de toi, ton mari dont on m'a dit le plus grand bien, tes filles qui n'y sont pour rien ? C'est bien ta spécialité de détruire ceux qui t'aiment ?

— Mais non, proteste Sonia. Je te jure que non.

— Tu t'es vue ? Tu es pitoyable. Si tu es là pour m'annoncer le retour de ton amoureux, sache que je m'en moque. Va-t'en !

— Maman, je t'en supplie, écoute-moi.

— Je ne veux rien entendre de toi.

Sonia se précipite, enlace sa mère de ses bras tremblants. Un instant, Angélique semble fléchir, puis elle se reprend vivement et repousse sa fille.

— Ça suffit.

Toutes les deux pensent à la même chose : le procès en assises avec Franck Modalès sur le banc des accusés et Sonia appelée à la barre des témoins, Sonia qui prête serment.

— Je te jure que je n'ai rapporté que ce que j'ai vu.

— Non, tu as raconté ça pour te venger de ton père qui refusait de te laisser voir ce traîne-misère, ce bon à rien, ce voleur ! Tu as menti à la cour pour que ton père soit condamné, parce que l'autre, le Tzigane, te l'avait demandé !

— Non, je n'ai pas menti. La preuve : papa a reconnu les faits.

— Après ton témoignage. Si tu t'étais tue, personne ne l'aurait su. Et il aurait été acquitté.

Sonia, sur la défensive, s'apprête à mordre à son tour. Angélique plantée devant elle a retrouvé son animosité, la force de sa rancœur.

— C'est pourtant la vérité. Tu sais très bien que ton père n'a tué personne.

— Je n'ai jamais pensé qu'il avait tué les Coulomier, mais je l'ai vu aussitôt après les coups de pistolet qui marchait très vite sur le sentier pour regagner sa voiture. Il avait l'air de s'enfuir. C'est la vérité.

— Peut-être était-il allé chercher sa trousse et quand il a vu arriver les pompiers, il a pensé que sa présence n'était plus nécessaire. D'autres patients l'attendaient.

— Si un malade l'attendait plus loin, s'insurge Sonia, pourquoi se serait-il arrêté pour aller voir les Coulomier ?

— On a prétendu qu'il devait voir un enfant chez les Tziganes…

La trompeuse vérité a suffi à faire condamner le maire de Lembras pour meurtre. Le témoignage de Sonia a confirmé les certitudes des jurés. Les mobiles étaient suffisants et le pistolet du docteur retrouvé dans le taillis près du sentier n'était-il pas une preuve, même si Modalès n'a jamais avoué ? Son attitude hautaine et sans remords ne l'a pas servi.

— J'ai dit la vérité, insiste Sonia. J'en avais fait le serment devant la cour…

— Parfois, il faut savoir se taire, reprend Angélique. Ne pas parler, c'est aussi servir la vérité. Ton père était l'homme le plus remarquable que je connaissais. Et voilà ce que tu en as fait, ce que tu as fait de notre couple, de tes parents. Tu t'en fous, n'est-ce pas ? Tu as su te tirer d'affaire, entrer dans une autre famille, mais moi, qu'est-ce qui me reste ?

— En 2007 quand un ADN inconnu a été découvert sur l'arme du crime, maître Lesuet n'a-t-il pas obtenu qu'on rouvre le dossier ? demande Sonia.

— En effet, l'ADN prouvait bien que quelqu'un d'autre avait manipulé l'arme, mais ce n'était pas suffisant. Maître Lesuet a cependant obtenu la libération de ton père sur un non-lieu, mais il n'y a pas eu de nouveau procès parce qu'on n'a pas identifié le meurtrier.

Angélique s'effondre en face de Sonia. Le souvenir de cette libération la hante depuis cinq longues années. Elle baisse la tête et raconte :

— J'étais avec Olivier devant la prison, le matin de sa libération... J'avais tant attendu cet instant ! J'étais décidée à partager sa vie de proscrit, de condamné, j'acceptais tout pour être près de lui. Et puis...

Elle éclate en sanglots. Dans un élan spontané, Sonia attire sa mère contre elle. Angélique s'abandonne un instant, la tête posée sur l'épaule de la jeune femme qui caresse sa joue mouillée.

— Quand il est sorti, j'ai couru vers lui. Alors, il s'est passé ce que je n'aurais jamais pu imaginer. Il ne m'a même pas regardée et est parti droit devant lui, sans un mot. Il a ignoré Olivier qui était pourtant son ami. On ne l'a plus revu.

À bout, Angélique s'en veut de sa faiblesse, de son incapacité à haïr. Après sa première réaction, la présence de sa fille lui fait du bien. La solitude lui pèse tant ! De nombreuses fois, pendant ces longues années, elle a été tentée d'aller à Saint-Émilion pour la voir de loin, pour s'assurer qu'elle était toujours vivante. Elle aimerait embrasser ses petites-filles dont elle ne connaît que les prénoms. Quelque chose d'aussi dur qu'une pierre l'a retenue au dernier moment. Un boulet qui lui a fait jeter au panier les lettres de sa fille.

— En prison, ton père a refusé toutes mes visites. Comme si c'était moi qui l'avais fait condamner ! poursuit Angélique sur un ton désespéré.

— Je te jure que je n'ai pas voulu cela ! insiste Sonia.

Les deux femmes restent enlacées en silence. Angélique, lasse de vivre avec ses seuls souvenirs, comprend que la discorde ne la conduira nulle part, que sa fille lui a beaucoup manqué. Après la disparition du docteur Modalès et la vente de la belle maison de famille, elle s'est enfermée dans un quotidien morne avec ses élèves et ses cours particuliers.

Sonia renoue avec son enfance et son adolescence, avec elle-même. Revoir sa mère la réconforte : la voilà sur le bon chemin. Désormais, elle croit savoir ce qui lui reste à faire.

— Tu sais où est papa ? demande Sonia.

— Je l'ai fait chercher, j'ai lancé des appels dans la presse et sur Internet. Rien. Ses meilleurs amis n'en savent pas davantage. Certaines rumeurs ont prétendu qu'il était à Paris…

Sonia se demande si elle n'est pas en train de se tromper elle-même. Près de sa mère, ses pensées volent vers Guyla. N'est-elle pas venue ici pour se donner une bonne raison de le revoir ? Elle a peur d'elle-même, de ses propres réactions, même si, tout au fond, la pensée de faire l'amour avec le Tzigane lui donne des frissons.

Elle embrasse Angélique qui lui murmure à l'oreille : « On se reverra ? » Sans un mot, Sonia griffonne son numéro de portable sur la couverture d'un magazine posé sur la table et sort. Elle court à sa voiture, démarre en trombe. Guyla lui a dit qu'il se produisait ce soir dans un café-concert de Libourne. Le revoir la pousse à prendre des risques sur la petite route entre les vignes.

Elle s'arrête à l'entrée de Libourne. Tout se brouille dans son esprit, et dans ce grand chaos deux petites têtes lui sourient, deux fillettes qui la regardent avec leur air innocent. Elle voudrait vomir. Pourquoi irait-elle écouter Guyla ? Elle n'a besoin de lui que pour faire éclater la vérité, même s'il reste comme un regret, quelque chose d'indéfini dont elle a bien conscience. La nostalgie de l'adolescence, le souvenir d'un sentiment dont le temps a embelli la pureté, cacheraient-ils un désir qu'elle n'ose pas s'avouer ?

Sonia rentre à son cabinet et travaille tout l'après-midi avec le sentiment de ne pas être à sa place. Après coup, la visite à sa mère, au lieu de la conforter, la plonge dans une sorte de confusion dont elle ne voit pas l'issue. À dix-sept heures, elle va chercher ses filles dans un brouillard intérieur et rentre au domaine comme un automate.

François, de retour des vignes, dépose un baiser rapide sur le front des fillettes et rejoint sa femme à la cuisine. Malgré les portes fermées, Caroline et Marine entendent leur conversation. François est à bout.

— Je ne crois pas que tu sois allée voir ta mère !

— Si, François, je te jure que je suis allée chez elle, nous avons décidé de nous revoir.

— Non, insiste François, tu étais avec ton Tzigane, j'en ai la certitude.

— Mais, François, pourquoi tu me parles de la sorte ? Je te répète que j'étais chez ma mère. Ensuite, j'ai travaillé, tu peux téléphoner à mes patients pour le vérifier.

— Je ne me donnerai pas cette peine. Tu as eu le temps de rejoindre ton bonhomme et de visiter quelques malades pour me donner le change !

Sonia fond en larmes. Dans leur chambre, atterrées, les filles ne bronchent pas. François, debout en face de sa femme, affiche une fermeté qui ne lui est pas coutumière.

— J'ai bien compris, réplique sèchement Sonia. Ton père t'a fait la leçon toute la journée.

— Quoi qu'il en soit, ton comportement est inacceptable ! D'ailleurs on a déjà trop parlé. Tu es libre de le rejoindre si tu veux.

Depuis qu'il a vu les photos du Sofitel, François a perdu confiance en son épouse. Elle peut lui raconter n'importe quelle fadaise, il n'a aucun moyen de le vérifier. Le sentiment d'être un homme de remplacement le rend offensif.

— Je ne peux pas tout admettre ! De quoi j'avais l'air l'autre soir au restaurant ?

Sonia fait front. La fatigue des nuits sans sommeil, les contradictions qui la hantent et, surtout, l'envie de sortir du bourbier où elle se débat depuis si longtemps la poussent à déclarer sur un ton très ferme :

— Dis un mot de plus et je quitte cette maison !

— Eh bien, ce mot, je le dis : fous le camp !

Sonia tourne les talons et claque la porte. François reste indécis, incapable de faire un mouvement pour la rappeler. Les filles sortent précipitamment de leur chambre, s'arrêtent devant leur père, effrayées par la pâleur de son visage.

— Papa ! murmure enfin Marine en lui tendant les bras.

— Venez, mes chéries. On se débrouillera tous les trois !

Septembre 1998.

Sonia reçut sa voiture à la fin du mois de juin. Maxime Corset avait été désigné par le docteur Modalès pour l'accompagner dans ses débuts de conductrice. Les deux jeunes gens allaient ensemble à Bordeaux où ils avaient des amis communs, mais le chaperon gênait la jeune fille qui décida de s'en passer. Maxime en fut affecté parce qu'il en connaissait la raison : Sonia voulait rejoindre librement son Tzigane dont elle était folle.

Angélique remarquait des changements de plus en plus marqués dans l'attitude de sa fille. Sonia avait l'esprit ailleurs et passait moins de temps à travailler ses examens ; elle s'absentait souvent le soir sous des prétextes futiles. La mère avait compris qu'elle lui cachait quelque chose, une relation amoureuse probablement, car ses longs regards à la fenêtre, ses soupirs, son impatience quand elle devait sortir et qu'un importun la retenait ne trompaient pas. Maxime ne venait pratiquement plus à la maison, ce qui poussa Angélique à demander :

— Qu'est-ce qui s'est passé entre Maxime et toi ?

— Rien, répliqua Sonia. Que veux-tu qu'il se soit produit ?

— Je ne sais pas. J'ai l'impression que vous vous faites la tête !

— Qu'est-ce que tu vas imaginer ?

De son côté, la jeune fille redoutait que son père apprenne la vérité. Pendant les vacances, elle s'arrangea pour trouver un stage dans un hôpital de Bordeaux afin de justifier ses absences répétées.

Elle voyait Guyla tous les jours. Le week-end, elle prétextait des visites à ses amies qu'elle avait mises dans la confidence et passait ses après-midi avec le Tzigane dans la petite forêt, non loin de la propriété de Mélina et Henri Coulomier. Elle ne vivait que pour ces rendez-vous champêtres, brefs mais toujours merveilleux.

Pendant le mois de juillet, cela lui suffit. Elle se blottissait dans les bras du jeune homme, ils se couchaient sur la mousse et faisaient l'amour. Guyla était le premier à qui elle s'était donnée, il n'y en aurait pas d'autres.

Elle s'accrochait à lui même s'il était toujours aussi insaisissable. Guyla travaillait au noir dans un garage où il apprenait le métier de carrossier. Il était aussi impliqué dans les affaires de son père et de ses oncles. Brocanteurs, ils parcouraient les campagnes à la recherche de vieilleries dont eux seuls connaissaient la valeur : pendules, fusils à chiens, bronzes anciens oubliés dans un coin de grenier. La rumeur leur imputait le sac de plusieurs résidences secondaires. Les gendarmes leur faisaient de fréquentes visites, mais ne retenaient jamais rien contre eux.

Un dimanche du début de septembre, Sonia annonça qu'elle passerait la journée entière chez Lola et Inès dont c'était la fête. Le docteur accepta sans sourciller. Angélique se doutait que sa fille ne se rendait pas chez ses amies, mais ne dit rien car elle voulait le vérifier.

La jeune fille rejoignit Guyla qui l'attendait sur la route de Bergerac. Il se montra au dernier moment, comme il savait si bien le faire. Il portait un sac à l'épaule. Les deux adolescents s'embrassèrent avec effusion, puis partirent sur une petite route à travers la forêt. Le véhicule s'arrêta dans une clairière qui semblait coupée du monde. Le soleil filtrait à travers les branchages des grands chênes, il faisait très doux, un temps d'été aux plus belles heures de la journée.

— Voilà notre maison, dit le jeune homme. Ouverte à tous les vents avec ses colonnades qui montent jusqu'au ciel !

Tout en parlant, il étalait sur l'herbe une petite nappe et y disposait du pain, de la charcuterie et des fruits.

Sonia prit un panier dans le coffre de sa voiture, disposa des verres, des fourchettes et des couteaux qu'elle avait réussi à subtiliser à sa mère.

Serrés l'un contre l'autre, ils mangèrent en silence, attentifs aux bruits de la forêt, aux cris d'oiseaux, aux craquements des branches que le vent agaçait. Guyla fut le premier à exprimer sa préoccupation :

— Les gens ne nous aiment pas. Ils nous accusent de tous les vols qui se produisent dans la région. Ils cherchent à nous faire expulser.

À la seule pensée que Guyla puisse s'en aller, Sonia trembla de colère. Elle se pressa contre lui, respirant son air, s'enivrant de sa présence. Lui seul avait de l'importance. Elle lui sacrifiait tout son temps, l'amour était son seul but. Sans Guyla, sa vie n'avait plus de sens.

— Tes parents savent qu'on se voit ? demanda le jeune homme.

Elle secoua la tête, inspira, puis dit à voix basse :

— Non, ma mère se doute de quelque chose. Elle n'en a pas parlé à mon père, mais ils finiront par le savoir.

— Et alors ?

— Alors, rien. Personne ne nous séparera. J'ai dix-huit ans. Je suis prête à tout quitter pour toi.

Après avoir fait l'amour, Sonia éprouvait un bien-être profond. Tout son corps vibrait de bonheur. Elle se sentait forte. L'avenir lui appartenait et serait bien différent de ce qu'elle avait envisagé jusque-là. Une envie de liberté la poussait à quitter cette région où elle n'était que la fille du docteur Modalès. L'oiseau voulait s'envoler d'une cage dorée devenue trop petite.

— Viens, je vais te présenter mes amis ! dit Guyla en lui prenant la main et l'emmenant dans un sentier sous les grands arbres.

Ils arrivèrent à une maison isolée, sorte de gentilhommière que Sonia connaissait, même si elle n'avait jamais adressé la parole aux propriétaires. Le crépi s'écaillait sur le pignon. Des herbes poussaient entre les pavés disjoints de la cour. Une Mercedes bleu sombre était garée sous un vieux tilleul.

— Viens, fit Guyla.

— Mais je ne connais pas ces gens... répliqua Sonia. Mon père a eu des histoires avec eux.

— Ce sont des artistes, des gens riches et surtout généreux. Henri et Mélina Coulomier sont venus prendre leur retraite ici. Henri était industriel dans le Nord et peintre amateur. On dit qu'il continue de s'occuper de son affaire. Mélina est pianiste, excellente musicienne. Nous jouons ensemble, parfois...

Une femme assez mal vêtue sortit de la maison par la petite porte vitrée entourée de rosiers grimpants en fleurs. Elle était assez grande, le visage long, un peu rouge. Ses cheveux gris tombaient négligemment sur ses épaules. Elle sourit à Guyla, puis se tourna vers Sonia, ne cachant pas son étonnement.

— Mais vous êtes la fille du docteur Modalès, s'exclama-t-elle.

Intimidée, Sonia sourit. Mélina les invita à entrer dans une grande pièce très éclairée de larges baies vitrées ouvertes sur une prairie. Au centre trônait un magnifique piano à queue. Les murs en pierres apparentes étaient recouverts de tableaux aux cadres dorés. Au fond de la pièce, à côté d'une commode recouverte de babioles et de figurines en porcelaine, se trouvait une toile en cours d'exécution posée sur un chevalet. Sonia n'osait pas bouger dans cet intérieur plein de fantaisie et, pourtant, figé.

Un homme arriva. Henri Coulomier n'était pas très grand, plutôt râblé. Sonia l'avait souvent croisé au village sans le saluer, car il avait été l'adversaire virulent de son père aux dernières élections municipales. C'était un homme jovial aux longs cheveux gris attachés en queue-de-cheval.

— Mais c'est notre ami Guyla ! s'exclama-t-il en serrant la main du garçon.

Il se tourna vers Sonia et lui sourit.

— Je ne m'attendais pas à vous voir ici.

Très vite Sonia fut sensible à l'atmosphère chaleureuse de cette maison. Sa première impression d'un intérieur sans vie, où les bibelots remplacent les êtres, faisait place à une agréable sensation de familiarité avec ces personnes que son père et d'autres lui avaient présentées comme des irresponsables. Mélina disposait des tasses sur la petite table. Henri, assis à côté de Guyla, s'adressa de nouveau à Sonia :

— Ce qui nous sépare des gens n'est qu'un détail dont on pense que tout le monde se contrefout et pourtant essentiel : notre accent du Nord. L'accent local, c'est ce qui rassemble les gens, comme un cri particulier permet à certains oiseaux de se reconnaître.

Mélina apporta la cafetière fumante et une assiette de petits gâteaux secs.

— Bien, dit Henri en remplissant les tasses de café, si vous nous jouiez quelque chose ?

Mélina s'assit au piano. Elle était toujours d'accord pour jouer de la musique, surtout avec le jeune Tzigane si doué.

— Guyla, prends donc mon violon. Je sais bien qu'il ne sonne pas aussi bien que le tien, mais pour ton amie, tu peux faire un effort...

Guyla ouvrit la boîte que lui tendait Mélina et en sortit un magnifique instrument au beau vernis brun-rouge.

— C'est vrai que c'est un petit violon, insista la femme, mais tu en joues si bien !

Le jeune homme vérifia l'accord et commença à jouer des airs tziganes que le piano mettait en valeur par de puissants accords. Sonia recevait ces mélodies comme une révélation, la certitude que ce garçon ne pouvait pas être mauvais et qu'elle avait raison de l'aimer.

Ils burent du café. Sonia aurait bien prolongé sa visite, mais sa mère devait l'attendre depuis longtemps et elle salua les Coulomier.

Elle arriva chez elle en même temps que son père. Vêtu de son habituel costume sombre, celui-ci sortit de sa voiture et attendit sa fille. Le regard sévère qu'il lui lança ne laissait présager rien de bon.

— D'où viens-tu ? demanda-t-il sur un ton sec.

Elle haussa les épaules pour signifier que cela n'avait pas d'importance.

— J'étais chez Inès et Lola, tu sais bien...

Modalès posa la main sur le bras de sa fille.

— Il faut qu'on parle tous les deux. Je te prie de m'accompagner dans mon cabinet.

Le docteur recevait ses patients dans une petite bâtisse au fond du parc. La salle d'attente donnait directement sur la rue, le cabinet était sur la droite au bout d'un couloir. Une troisième pièce servait de débarras où le docteur rangeait des quantités de colis contenant des échantillons de médicaments, et une petite machine à café.

Le cabinet était occupé par un bureau en bois massif et un divan. Le docteur s'assit ; Sonia restait debout anxieuse comme un patient qui redoute le diagnostic.

— Je t'ai vue. Tu es allée chez les Coulomier avec ce bohémien qui, je crois, est venu ici jouer de la musique pour ton anniversaire.

Sonia n'avait jamais osé élever la voix contre son père, pourtant, ce soir, la colère comprimait sa poitrine. Elle pinça les lèvres pour ne pas exploser.

— Sache que j'ai signé un arrêté d'expulsion des Tziganes. Ils occupent illégalement un terrain que le propriétaire souhaite récupérer. Comprends-tu pourquoi j'ai fait cela ?

Sonia serrait les poings, une horrible grimace contracta son visage.

— Je m'en fous ! dit-elle en retenant une envie de crier. J'aime Guyla et personne n'y peut rien !

Piqué au vif, le docteur se redressa. Comment sa fille unique et bien élevée osait-elle réfuter ses solides arguments ? Il inspira profondément.

— Je sais... On dit toujours ainsi la première fois, mais le temps arrange tout. Quant aux Coulomier chez qui tu t'es rendue, sache que les policiers s'intéressent beaucoup à eux en ce moment.

— Qu'est-ce que ça peut me faire ? s'emporta l'adolescente en claquant la porte.

Elle courut à la maison où sa mère l'attendait dans le salon et se jeta dans ses bras en sanglotant.

— Tu as parlé avec ton père ? demanda Angélique qui avait compris. Il ne décolère pas. Je sais que c'est difficile pour toi, cependant, je suis de son avis. Ce garçon n'est pas intéressant. J'ai vu Maxime, il est terriblement malheureux parce que tu le laisses tomber...

— Je me fiche de Maxime et des autres !

— Je sais, ma chérie. Tu es amoureuse, mais ce n'est pas une raison pour détruire ta vie !

— Ce que vous me dites ne m'intéresse pas. J'ai dix-huit ans, je suis majeure, alors je fais ce qui me plaît et c'est tout !

Sonia claqua la porte une nouvelle fois. Sa mère voulut la rattraper, mais la voiture de la jeune fille franchissait déjà le grand portail.

Septembre 2012.

Le Baltazar est une brasserie branchée de Libourne où se retrouvent étudiants, jeunes cadres pour boire, dîner à des prix convenables et écouter de la musique. Sonia s'assoit à l'une des rares tables encore disponibles. Elle scrute l'assistance et reconnaît, tout près de la scène, la femme brune qui accompagnait Guyla au restaurant. Abondamment fardée, le corps serré dans une longue robe noire décolletée, sa beauté vulgaire, son manque d'élégance ne surprennent pas la jeune femme.

Un pianiste joue des airs anciens. Sonia se sent coupable vis-à-vis de François ; l'ambiguïté de ses sentiments lui fait mal, pourtant elle n'aurait raté ce rendez-vous avec son passé pour rien au monde.

Enfin, on annonce le Tzigane et son orchestre. Guyla arrive sur scène, tenant son violon de la main gauche et saluant les spectateurs qu'il remercie d'être toujours aussi nombreux. Sonia se sent oppressée. Guyla l'aperçoit soudain et ne la quitte plus du regard. Elle se laisse prendre un instant par le charme de la musique, flotte dans un espace de liberté totale, puis revient vite à la réalité.

Les violons s'arrêtent. À la table près de la scène, la

femme brune applaudit et fait un petit signe au musicien qui lui répond par un clin d'œil.

Guyla joue encore plusieurs morceaux puis s'incline devant l'assemblée. Un grand nombre de spectateurs se dirigent vers la sortie. Sonia quitte sa table sans avoir bu sa coupe de champagne.

Elle ouvre la portière de sa voiture quand Guyla arrive à sa hauteur, tenant sa boîte à violon à la main. Elle croit revoir un instant le jeune homme qui se rendait chez les Coulomier.

— Viens, dit-il.

Elle l'accompagne jusqu'à une grosse berline garée dans le parking privé du bar. Debout à côté du véhicule, l'autre femme l'attend. Quand elle voit Sonia, son visage se crispe.

— Guyla, qu'est-ce que cela veut dire ? demande-t-elle.

Il la toise.

— Je ne suis pas libre, ce soir, tu le vois bien !

— Mais enfin, proteste la femme en élevant la voix, je suis ta compagne, tu ne peux pas me faire ça !

— C'est fini entre nous, file.

Il la bouscule, ouvre la portière à Sonia, outrée par ses paroles cinglantes.

— Comment oses-tu parler ainsi à ta compagne ? s'emporte la jeune femme.

— Ce ne sont pas tes affaires. Et puis ce n'est pas ma compagne. Elle s'en relèvera vite. Monte.

À cet instant, l'esprit de Sonia s'éclaire. Le doute fait place à une certitude déjà pressentie. Elle l'exprime pour dissiper le malentendu :

— Guyla, je ne suis pas là pour ce que tu penses. Je veux seulement te parler du passé, tenter d'y voir clair…

— Monte, je te dis. Ici, ce n'est pas un bon endroit pour parler de certaines choses.

Sonia n'avait pas prévu cette situation et hésite. Comme il insiste, elle s'assoit dans la voiture avec le sentiment de faire quelque chose de très mal, de contre nature, mais c'est la seule manière d'avancer dans ce qui la préoccupe. Quel monstre est devenu son bel adolescent ! La seule pensée qu'il pourrait poser ses mains sur elle lui donne la chair de poule. François, si délicat, si sensible, occupe toutes ses pensées.

La voiture s'engage dans une rue et s'arrête devant l'hôtel. Guyla fait le tour du véhicule, ouvre la portière à Sonia qui hésite encore. Enfin, elle se décide. Ils prennent l'ascenseur, entrent dans une chambre spacieuse. Une robe posée négligemment sur un fauteuil rappelle l'autre femme. Guyla la jette nerveusement, puis tend les bras à Sonia.

— Voilà bien longtemps que j'attends ce moment ! murmure-t-il en l'enlaçant.

Il la renverse sur le lit ; elle se débat, parvient à se libérer et se relève vivement.

— Non ! crie-t-elle en prenant son sac posé sur la tablette. Je crois que tu n'as pas compris.

Elle s'échappe jusqu'à l'ascenseur occupé, dévale l'escalier, traverse le hall. Une fois dehors, le vent frais la surprend. Guyla la rattrape :

— Qu'est-ce qui te prend ? demande-t-il, essoufflé.

— Rien. Je veux rentrer chez moi.

— Je t'en prie, reste...

— Non, j'ai ma vie, tu as la tienne, elles ont pris des chemins différents. On ne peut rien contre le temps. Je voulais seulement te parler.

— Je t'ai tant cherchée ! Accepte au moins de venir prendre un verre avec moi.

Elle le trouve minable. Le fier Tzigane se fait suppliant. Elle lui crache son mépris :

— Je t'ai connu indifférent aux autres, cela t'allait bien !

— Voilà des jours que je te regarde de loin, que je

t'épie, avoue Guyla. Des jours que je me retiens pour ne pas me montrer. Si je suis allé au restaurant c'était pour que tu me voies. Parce que je ne t'ai pas tout dit...

— Je m'en doutais ! Mais tu ne dois pas te méprendre.

Il sourit, certain de la tenir par ce biais.

— Si tu veux connaître la vérité, tu vas devoir y mettre un peu de bonne volonté.

Il allume une cigarette. Sonia qui déteste le tabac fait la grimace. Il s'en aperçoit :

— Je fume un paquet par jour. C'est vrai, c'est mauvais pour la santé, mais sans ça, je ne peux plus jouer de musique.

Il souffle la fumée en tournant la tête de côté.

— Après que ton père a signé l'arrêté d'expulsion, tu te souviens qu'on est allés sur un autre terrain prêté par les Coulomier ? C'est là que les flics nous ont cherché des ennuis.

— Oui, ça, je le sais. Mais après le drame...

— La vie n'a pas été facile, poursuit Guyla. Ma mère est morte d'une maladie bizarre. On n'avait pas de quoi la soigner. C'est comme ça chez les pauvres. Les autres sont repartis au pays. Moi et mon oncle, Premyl, on est restés en France. On est allé vers le nord. Nous avons trouvé du travail.

— Ah bon ? fait Sonia étonnée. Tu m'avais donc totalement oubliée ?

— Non. Mais je n'avais pas envie de revenir à Lembras. Trop de mauvais souvenirs ! Donc ton père a été condamné, il paraît que ton témoignage a été déterminant...

— Mais il est innocent ! réplique Sonia.

— Maintenant que cela n'a plus d'importance, je peux t'en parler. La police n'a pas tout trouvé, peut-être n'a-t-elle pas beaucoup cherché ! Le véritable coupable, le meurtrier des Coulomier, est toujours en liberté et n'a jamais été inquiété et il ne le sera jamais : cela fait plus de dix ans, il y a prescription.

— Tu sais qui c'est ?

— Je l'ai vu s'enfuir. Et puis ton père est arrivé et lui, d'ordinaire si calme, si solide, a visiblement cédé à la panique. C'est pour ça qu'il s'est mis à courir, il savait qu'on allait l'accuser et qu'il ne pourrait pas prouver son innocence.

— Il était peut-être allé chercher la police... réplique Sonia sans conviction.

— À d'autres. Il avait peur. Voilà la vérité et c'est ce qui l'a brisé.

Le visage de la jeune femme se durcit. Guyla aurait pu sauver le docteur Modalès en disant ce qu'il avait vu ! Ce n'est pas elle qui l'a conduit en prison, c'est le silence de Guyla. Elle s'emporte :

— Tu mesures ce que tu as fait ? Ton silence a détruit une famille entière et conduit en prison un homme honorable !

Il éclate d'un rire sonore qui fait très mal à la jeune femme.

— Et tu crois que j'allais sauver celui qui nous a chassés ? Chez nous, on est droit, mais sans concession. Si tu me donnes, je te donne, mais si tu me repousses, je te tue !

— Tu es un monstre ! s'écrie la jeune femme en s'éloignant.

Il ne cherche pas à la retenir. Il fume tranquillement sa cigarette en la regardant marcher dans la rue : elle reviendra.

Elle regagne sa voiture essoufflée, s'assoit au volant et tente de réfléchir. Il est temps d'aller faire la paix avec François. Elle arrive au château une demi-heure plus tard. La lumière filtre entre les volets fermés, François n'est pas couché ou il a oublié d'éteindre dans le salon comme cela lui arrive souvent. Elle ouvre la porte sans bruit, pose ses chaussures et longe le couloir. François est là, assis sur le canapé, devant un écran de télévision éteint. Il lui lance un regard dur. Elle veut l'embrasser, il la repousse.

— Et tu oses revenir ?

— Pourquoi je ne reviendrais pas ? Je n'ai commis aucune faute, que je sache !

— Alors qu'est-ce que tu faisais dans ce bar de Libourne ? Et ensuite, pourquoi es-tu montée dans la voiture de cet homme ? Pourquoi es-tu allée avec lui dans sa chambre ?

— Si j'ai bien compris, tu m'as suivie ? s'indigne Sonia.

— Oui, je t'ai suivie. Ma mère a gardé les filles. Alors, désormais, ne mets plus jamais les pieds ici !

Sonia fond en larmes.

— Je te jure, François, il ne s'est rien passé avec Guyla. Je veux seulement qu'il me dise ce qu'il sait sur le crime de Lembras pour disculper mon père !

— Et tu penses que je vais te croire ? Non, tu mens ! D'ailleurs, tu pues le tabac. Il me semble que tu ne fumes pas !

Il a crié. Elle se met à genoux, le supplie de l'écouter, mais il ne veut rien entendre. Alors, ravalant ses larmes, tout à coup déterminée, Sonia prend son sac, va chercher quelques effets dans la chambre et repasse devant François impassible. Une fois dehors, elle pousse un gros soupir, monte dans sa voiture et quitte le domaine. Après le premier tournant, elle s'arrête, compose un numéro sur son portable :

— Allô, maman ? Est-ce que je peux venir chez toi ?

Septembre 1998.

Ce lundi matin, Sonia roulait très vite en direction des cabanes des Tziganes. En arrivant au bord de la forêt, elle s'arrêta, étonnée par l'agitation inhabituelle qui régnait. Plusieurs fourgons de gendarmerie étaient garés sur le bas-côté de la route, des femmes criaient, des hommes gesticulaient devant les gendarmes. Sonia gara son véhicule sur le bord du sentier et s'approcha à pied.

— L'arrêté datait d'hier et doit être exécuté immédiatement, cria le commandant. Vous devez quitter ce lieu que réclame le propriétaire. Et vous devrez remettre le domaine en état.

— Mais enfin, dit un vieillard un peu bossu avec un fort accent, vous ne pouvez pas nous faire partir. Nous vivons ici depuis plusieurs années !

— Jusqu'à présent, vous étiez tolérés. Désormais, il a besoin du terrain, et vous devez partir !

— Mais enfin…

Les bulldozers et les pelleteuses stationnés à proximité attendaient le signal pour raser les baraquements et faire place nette.

— Évacuez tout le monde ! ordonna le commandant

de gendarmerie à ses hommes placés en ligne, face aux Tziganes qui refusaient de s'éloigner.

En six années d'occupation, ils avaient eu le temps de construire des maisonnettes faites de bric et de broc, mais qui tenaient debout et les protégeaient des intempéries. Sur le versant orienté au sud, ils avaient défriché le taillis et aménagé des potagers qui produisaient de bons légumes. Certains avaient trouvé du travail dans les environs, d'autres écumaient les campagnes à la recherche de vieilleries, mais la communauté ne se mélangeait pas au reste de la population.

Les expulsés se tassaient près de la route, femmes apeurées, enfants qui criaient, hommes fiers qui défiaient les autorités. Une voix aiguë éclata :

— Qu'est-ce qu'on va devenir, hein ? Vous vous en foutez !

Les machines se mirent en mouvement dans un vacarme assourdissant. Les gros insectes s'approchèrent des bâtiments. Sonia observait Guyla, qui fumait nerveusement sa cigarette. Elle aurait voulu le rejoindre et fit quelques pas à découvert.

— Mademoiselle, ne restez pas là ! ordonna un des chauffeurs.

Le docteur Modalès pila derrière les fourgons, sortit précipitamment de son 4 × 4. Des protestations fusèrent du groupe de Tziganes rassemblés à côté de leurs affaires entassées par terre. La pelleteuse poussa du bout du godet la première baraque qui s'effondra dans un fracas de poutres et de tuiles brisées. Un vieil homme se précipita vers la machine en gesticulant.

— C'est ma maison ! hurlait-il. Ma maison que j'ai fabriquée de mes mains ! Bande de salauds !

Le bulldozer entra en action à son tour. Une deuxième construction s'écroula. Les Tziganes assistaient en silence au démantèlement de leurs habitations bricolées avec du tout-venant mais qui leur convenaient parfaitement. Pas un ne broncha. Leur dignité impressionnait le docteur Modalès qui n'était pas très à l'aise. Tout à coup, il aperçut Sonia.

— Qu'est-ce que tu fais là ? s'écria-t-il.

Elle ne répondit pas, et se rapprocha du groupe d'étrangers que les forces de l'ordre encadraient. Les machines poursuivaient leur travail de nivellement.

— Ta place n'est pas ici, hurla-t-il encore. Je te demande de t'en aller.

Dans un geste de défi, Sonia prit la main de Guyla. Le docteur se tourna vers les gendarmes.

— Faites quelque chose !

Ils s'approchèrent de la jeune fille ; l'un d'eux lui dit de rejoindre son père. Elle refusa d'un mouvement de tête significatif.

— S'il vous plaît, mademoiselle, ne nous obligez pas à utiliser la force !

— La force ? s'indigna-t-elle d'une voix stridente. Mais de quel droit ? Je reste là et je refuse d'obéir à mon père.

Décontenancés, les gendarmes se tournèrent vers leur chef qui à son tour regarda le docteur.

— Très bien, fit celui-ci.

Une berline Mercedes arriva en trombe et s'arrêta dans un crissement de pneus. Henri Coulomier en sortit vivement. Ce petit sexagénaire rondelet montrait une énergie qu'on ne lui connaissait pas. Le visage animé de tics, il marcha d'un pas résolu vers le maire :

— Mais qu'est-ce que vous faites ?

— Nous appliquons la loi, lui répondit Modalès sans se démonter.

— Ah, vous appliquez la loi ? C'est facile lorsque cette loi est du côté des nantis. Vous n'êtes pas aussi zélé quand vous devez faire les demandes sociales pour ces pauvres gens ?

— Ces pauvres gens ! Vous avez une bien curieuse manière de parler d'étrangers sans titre de séjour, qui occupent la propriété de M. Videlle. Si cet emplacement était à vous, je pense que vous seriez moins déterminé pour défendre ceux que vous considérez comme des opprimés. Il y a des lois que tout le monde doit respecter.

Alors Coulomier s'approcha des Tziganes toujours rassemblés près de leurs voitures :

— Puisque c'est ainsi, voilà ce que je vous propose : il y a une pâture près de la rivière, derrière ma maison. Elle m'appartient. Vous pouvez y aller et y rester le temps que vous voudrez. Personne ne vous expulsera.

— C'est à voir, s'emporta son adversaire hors de lui, car il ne se montrait pas à son avantage. Les lois françaises s'appliquent aussi sur votre pâture.

— Pour l'instant, ils peuvent s'y installer, répliqua Coulomier en retournant vers son véhicule.

Modalès ne pouvait rien contre la proposition de son rival. Ce n'était qu'un épisode de plus dans la lutte sournoise qui opposait les deux hommes. Aussi entêtés l'un que l'autre, ils saisissaient toutes les occasions pour en découdre. Coulomier savait qu'il n'avait dû sa défaite aux dernières élections qu'à son statut « d'étranger » mais la victoire était possible en s'imposant dans la commune comme le défenseur des miséreux face aux notables locaux. Modalès devait sa grande popularité à sa fonction de médecin, mais les gens lui reprochaient son manque de simplicité et son intransigeance.

— Je vous demande de vérifier les titres de séjour de toutes ces personnes qui viennent, je vous le rappelle, d'un pays hors de la communauté européenne, insista Modalès. Maintenant, mes patients m'attendent.

Coulomier venait de marquer un point, mais Modalès savait qu'il aurait sa revanche. Pourquoi ce faux généreux qui avait séduit les partis de gauche avait-il quitté sa région d'origine où il possédait une usine soi-disant florissante ? Le docteur attendait avec impatience le rapport d'un détective privé réputé, Gilles Charon, qui lui avait promis des révélations fracassantes.

Il n'alla pas visiter ses malades comme il l'avait annoncé, car Charon devait justement passer le voir. À la mairie, il s'enferma dans son bureau puis appela Angélique qui était folle d'angoisse.

— Sonia m'a désavoué devant tout le monde, grogna-t-il.

— Et tu l'as laissée faire ?

— Je ne pouvais rien ! Elle est majeure, ne l'oublie pas, mais je saurai la contraindre à retrouver le droit chemin, fais-moi confiance.

La secrétaire lui annonça l'arrivée de M. Charon. Modalès sortit l'accueillir et le pria d'entrer dans son bureau.

— Monsieur Charon, soyez le bienvenu, dit-il une fois la porte fermée. Qu'avez-vous trouvé ?

Charon était grand et maigre. Son visage tout en longueur et osseux semblait empreint d'une tristesse naturelle. Ses paupières lourdes lui donnaient un regard de vieux chien battu.

— Pas mal de choses, mais rien de décisif pour l'instant. Voilà : Henri Coulomier est né à Lille le 14 octobre 1947. Milieu bourgeois aisé, mère pianiste, Charles, le père, est un homme d'affaires avisé. Le couple possède une usine de confection textile qu'il cède à Henri, en 1972, mais Henri ne rêve que de peinture. Pourtant, ce fils unique, apparemment sans grande personnalité, s'avère être un homme entreprenant et avisé. Il spécialise son entreprise dans le luxe et résiste à la crise. En 1996, à son tour, il passe la main à son fils, Dominique, qui en est l'actuel patron. Mais Henri garde un œil sur lui car Dominique est un incapable.

— Il n'y a là que des banalités !

— Certes, fait Charon en passant sa main aux longs doigts décharnés dans ses cheveux gris. Mais en cherchant un peu, on trouve du croustillant. Son point faible, c'est sa femme !

— Que voulez-vous dire ? Cette grande bringue a le regard placide d'une girafe. Hormis la musique, rien ne l'intéresse.

— Si, cette girafe, comme vous dites, a le feu quelque part. Si les Coulomier sont venus ici, c'est parce que Mélina a collectionné les aventures amoureuses. Avant d'épouser Henri Coulomier, elle a eu un fils. Après son mariage, elle a rencontré un certain Abel Bréhman, un assureur de Lille. Cet Abel, issu d'une famille juive ruinée, a eu de gros soucis d'argent. Mélina a plaidé sa cause auprès d'Henri qui ignorait leur relation. Il lui a prêté une somme importante à valoir sur une propriété familiale du côté de Boulogne-sur-Mer.

Le docteur réfléchit un long moment. Le grand Charon attendait, immobile, sans cligner ses paupières flasques, les lèvres serrées. Enfin, Modalès décida :

— Cela ne nous conduit pas très loin. On ne peut rien contre lui, sauf de faire circuler la rumeur qu'il est venu ici parce qu'il était cocu ! Cela suffira-t-il pour le disqualifier aux prochaines élections ?

— J'en doute !

Charon ouvrit son porte-documents et en sortit un classeur. Il parcourut une feuille puis la posa devant le docteur.

— Il y a ceci ! triompha le détective.

Modalès leva un regard curieux sur l'enquêteur.

— Où diable avez-vous pu dénicher ça ?

Le sourire de Charon rida sa figure émaciée et découvrit ses incisives jaunes.

— J'ai un ami sur la place. Contrôleur général des

impôts dans le district de Lille. Il y a là un véritable brûlot. Et je me suis laissé dire que le cadeau fiscal a duré pendant plusieurs années. J'ai cru comprendre que le contrôleur qui a fermé les yeux est de sa famille et qu'il était intéressé.

— Cette fois, on le tient. Je vais l'obliger à vendre sa maison et retourner dans ses brumes du Nord. Nous serons bien débarrassés. Mais il faut attendre le moment opportun. Pour l'instant, on ne dit rien.

Charon ferma son dossier et se leva. Dans cet intérieur, son long corps maigre semblait démesuré. Un léger rictus déforma de nouveau son visage de vieux corniaud.

— J'ai bon espoir de trouver plus grave encore. Notamment grâce aux relations conflictuelles entre le fils de Mélina et celui du couple. Ces deux-là se haïssent au point qu'ils n'hésiteront pas à me raconter des secrets...

— Très bien. Le premier enfant est-il impliqué dans l'affaire de Coulomier ?

— Justement non. Et je crois qu'il réclame son dû car il a été adopté par Coulomier alors qu'il avait une dizaine d'années.

Modalès raccompagna Charon jusqu'à la porte. Au moment de lui serrer la main, il ajouta :

— Finalement, ce serait bien de savoir combien il doit au fisc...

— Je suis en train de le faire calculer.

Une fois seul, le docteur consulta plus en détail les documents que lui avait donnés le détective, puis quitta la mairie. Il prit la direction de la forêt de Lunet, s'arrêta devant le petit pont de pierre proche du terrain des Coulomier où les Tziganes s'activaient autour de leurs caravanes. Le soleil brillait, chaud et orageux. Henri Coulomier avec un groupe tendait un câble électrique en direction de sa maison. L'arrivée du maire interrompit tout le monde. Coulomier ne cacha pas son agacement.

— Qu'est-ce que vous voulez encore ? demanda-t-il, bourru. Après avoir expulsé ces pauvres gens, vous n'allez pas les poursuivre chez moi !

— Je cherche Sonia, ma fille.

— Votre fille n'est pas ici, répondit vivement Coulomier.

Modalès s'éloigna sous les huées, s'enferma dans sa voiture et composa le numéro de Sonia. Une voix railleuse lui répondit :

— Allô, mon cher papa ?

— Sonia, où es-tu ?

— À Bordeaux. Je suis avec Guyla. Nous avons décidé de vivre ensemble et tu ne peux rien y changer. Sache que je ne reviendrai jamais à la maison.

— Mais enfin, Sonia, hurla le docteur, ce n'est pas possible ! Tes études ? Et puis ce garçon… Tu ne le connais pas suffisamment. Où te trouves-tu ?

— À l'Hôtel du Midi. Mais surtout ne cherche pas à me voir, ce serait du temps perdu et je ferais un scandale.

Elle lui raccrocha au nez. Modalès, ivre de rage, démarra en trombe. Au coup de frein brutal du véhicule dans la cour, Angélique comprit que quelque chose de grave venait de se produire. Elle sortit de son bureau et se trouva nez à nez avec son mari.

— Sonia est à l'hôtel avec son loubard, dit-il d'une voix tremblante de colère. Viens, on va la chercher !

— Tu ne crois pas que… que le plus sage serait d'attendre un peu. Elle va finir par retrouver la raison…

— Non, on n'attend pas. On y va.

Angélique prit son sac à main et suivit Franck qui trépignait. Elle était un peu plus grande que lui, raison pour laquelle Modalès évitait de paraître en public au bras de son épouse. Le 4 × 4 fit un demi-tour brutal et traversa le village en trombe, sous les regards étonnés des habitants peu habitués à voir leur maire conduire de la sorte.

Ils restèrent silencieux jusqu'à Bordeaux. Angélique pensait qu'il ne fallait pas braquer leur fille, pourtant comment accepter de laisser une proie aussi vulnérable en pâture à un étranger qui n'en était sûrement pas à son coup d'essai ? Ils devaient protéger Sonia contre elle-même, c'était la meilleure manière de lui montrer l'amour qu'ils lui portaient.

À l'Hôtel du Midi, aucune place n'étant disponible dans le parking, le docteur s'engagea dans les rues voisines. Sa conduite nerveuse exaspérait Angélique qui redoutait un accrochage. Puis, considérant que le caducée collé sur le pare-brise lui donnait des droits, il se gara sur une place pour handicapés, entra dans l'hôtel sans attendre son épouse qui peinait à le suivre.

Il demanda la chambre de Sonia Modalès. L'hôtesse décrocha son téléphone.

— Elle arrive et vous prie de l'attendre ici.

Angélique poussait la porte vitrée de l'entrée au moment où Sonia et Guyla sortaient de l'ascenseur. Franck Modalès bondit sur la jeune fille qui eut un mouvement de recul, mais ne put éviter les deux gifles qui claquèrent sur ses joues. Guyla se plaça devant Sonia pour la défendre.

— Vous, fichez le camp, s'écria le docteur ou je vous casse la gueule !

Le visage du garçon blêmit. Modalès ne lui laissa pas le temps de répliquer. Soucieux de ne pas se donner en spectacle, il agrippa fermement l'adolescente par le bras et la tira vers la sortie.

— On rentre chez nous. On réglera ça loin des curieux.

Sonnée, la jeune fille n'eut pas le réflexe de protester. Modalès la poussa violemment sur la banquette arrière de sa voiture. Angélique s'assit à côté d'elle. Le docteur partit à toute allure dans les rues de Bordeaux.

— Ma chérie, murmura Angélique en attirant Sonia contre elle.

Ils arrivèrent à Lembras trois quarts d'heure plus tard. Aussitôt le véhicule immobilisé dans la cour, Sonia courut dans sa chambre. Le docteur avait apparemment retrouvé son calme. Il adressa un regard lourd de sens à Angélique et annonça :

— Il faut que j'aille m'occuper de mes patients. Nous réglerons cela ce soir.

À l'heure du dîner, comme Sonia ne répondait pas, Franck Modalès secoua avec colère la poignée de la porte fermée de l'intérieur. Inquiet de n'obtenir aucune réponse, il alla chercher un tournevis et força la serrure. La pièce était vide ; une lettre déposée sur le dessus-de-lit attira son attention.

Mon père,

Jamais je ne te pardonnerai ce que tu as fait. Je pourrais porter plainte contre toi, alors sois heureux que je ne le fasse pas. Cette fois, je pars pour de bon. Garde-toi de tes excès d'humeur qui pourraient t'attirer beaucoup d'ennuis.

Sonia.

Septembre 2012.

Sonia coupe le contact, puis pose sa tête sur le volant. Le rejet de François l'oppresse. Quelle va être la réaction de Marine et Caroline demain, au réveil ? Le prétexte du rendez-vous urgent ne peut pas servir tous les jours.

La rue est déserte, les lampadaires éclairent les véhicules immobiles. Leurs propriétaires sont chez eux, dans la chaleur de leur foyer retrouvé pour une soirée ordinaire. Le silence de la place, de la rivière qui coule en bas du quai, l'éclairage froid donnent à l'endroit un aspect austère qui oppresse Sonia.

Elle marche jusqu'à l'entrée de l'immeuble, sonne. La porte s'ouvre. Elle s'engage dans l'escalier, entre lentement dans l'appartement, la tête basse. Angélique debout, à côté du fauteuil en face de la télévision, la regarde.

— Qu'est-ce qui se passe ? Pourquoi viens-tu à une heure aussi tardive ?

— François ! gémit Sonia en tombant dans les bras de sa mère. Il m'a mise à la porte.

— Tu l'as peut-être mérité !

Sonia pousse un petit cri et s'affale sur le canapé en pleurant.

— C'est tout ce que tu me dis ? insiste Angélique.

— Je n'ai pas trompé François, murmure Sonia. Je te le jure. Il n'a rien voulu entendre. Accepte-moi chez toi, je t'en supplie.

Les larmes de Sonia exaspèrent Angélique qui ne peut détacher ses pensées de l'image de sa fille à la barre des témoins, face au docteur Modalès qui gardait la tête droite.

— Tu poursuis sur ta lancée ! Tu accumules les bourdes ! As-tu pensé à tes filles ?

— Je ne pense qu'à elles ! S'il te plaît, maman, implore Sonia en s'essuyant le visage, cessons de nous disputer.

Le regard d'Angélique s'adoucit.

— C'est cet homme qui est la cause de tout, n'est-ce pas ? demande-t-elle. Mais qu'est-ce qui t'a poussée à retourner le voir ?

— C'est vrai que j'ai été troublée quand il est arrivé au restaurant, avoue Sonia. Et puis j'ai compris qu'on n'avait plus rien en commun. Mais il reste le lien avec le drame de Lembras, il peut m'aider à retrouver le véritable assassin.

Angélique se laisse progressivement convaincre : le Tzigane peut les aider à faire la lumière sur le passé, mais n'est-ce pas un peu tard ?

— Tu devrais appeler ton mari et tout lui expliquer, propose Angélique. Il ne faudrait pas, en voulant réveiller le passé, détruire le présent.

— Il ne veut pas comprendre. François est l'homme le plus doux de la terre, le plus dévoué, mais il a tendance à écouter son père qui ne m'aime pas.

Angélique s'assoit en face de sa fille et l'observe longuement, retrouvant dans son visage les traits de Franck : le même menton fendu d'une fossette, les mêmes yeux clairs virant du gris au gris-vert selon l'éclairage, le même front assez large. Pendant des années, elle a cru pouvoir vivre seule, se cantonner à ses élèves et son petit intérieur, ne fréquenter personne et faire abstraction du passé. Et là, devant Sonia, elle comprend que l'espoir ne l'a jamais quittée, que ce retour est une aubaine. Elle prend la main tendue et la presse contre sa poitrine.

— Tu as raison, on n'a pas d'autre solution que de se serrer les coudes, mais après tant d'années comment veux-tu qu'on découvre ce qui a échappé aux enquêteurs ? Ce qu'il faudrait avant tout, insiste Angélique, c'est retrouver ton père.

— Maître Lesuet était son ami et c'est à lui que papa doit d'être libre, alors je ne comprends pas qu'il ne lui ait pas parlé.

— Olivier Lesuet a voulu raisonner ton père et n'y est pas parvenu. Un peu plus tard, je lui ai demandé de le faire rechercher, évidemment sans résultat.

— Peut-être est-il parti à l'étranger ?

— Olivier pense que ton père se cache à Paris sous un nom d'emprunt. Je ne sais pas ce qui lui fait croire ça, mais il l'affirme avec conviction. Je doute que le docteur Modalès accepte de se montrer au grand jour tant qu'il ne sera pas innocenté. C'est un homme d'honneur.

Sonia sent une immense lassitude l'envahir. Elle voudrait dormir, échapper à sa douleur. Angélique lui propose un thé pour la réconforter.

— Tu dois te reposer un peu. Ensuite seulement, tu prendras la bonne décision. Demain, nous aviserons.

La sollicitude de sa mère après tant d'années de silence et de rancune encourage la jeune femme. Elle redevient la fille d'Angélique et Franck Modalès avec un but : démontrer l'innocence du cher disparu.

Sonia s'allonge sur le canapé avec le sentiment de tout avoir perdu. Angélique déplie une couverture sur ses épaules, la jeune femme s'abandonne.

— Dors si tu peux.

Sonia pense à François qui attend peut-être un signe, mais elle n'a pas la force de bouger.

Ce matin, quand Sonia arrive à son cabinet, un beau soleil d'automne illumine la campagne, mais elle ne le voit pas. Elle n'a pas dormi, une lourde fatigue englue ses pensées. Sa mère lui a fortement conseillé de reprendre son travail, seule manière de ne pas perdre pied.

Le local est encore désert : Stéphanie, la secrétaire, n'est pas arrivée. La kiné pose son imperméable et s'enferme dans la salle de consultation. Une clochette la prévient que quelqu'un entre dans la salle d'attente. Elle va ouvrir la porte de communication.

Trois personnes lèvent sur elle des visages graves. Elle voit d'abord la petite Marine qui lui adresse un sourire triste, puis Caroline qui n'a pas su coiffer ses nattes et dont les mèches brunes tombent éparses sur ses épaules. Enfin, entre les deux fillettes, François la fixe, les yeux pleins d'un désespoir qui la blesse. Sonia fait un pas vers eux. Marine court se blottir contre sa mère. François n'a pas bougé, Sonia s'approche de lui :

— François...

— J'ai voulu que tu voies tes filles !

Sans rien ajouter, François pousse Caroline et Marine vers la sortie. Sonia veut les retenir, mais il l'écarte d'un geste brutal de la main. Elle revient à son bureau, en proie à une vive colère. Stéphanie qui vient juste d'arriver demande :

— Qu'est-ce qui se passe ? J'ai croisé ton mari et tes filles sur le parking. Les petites pleuraient, François n'a pas répondu à mon bonjour.

Stéphanie a une cinquantaine d'années. Vive, intelligente et surtout décidée, elle a beaucoup aidé Sonia au début de sa carrière. Elle n'ignore rien de sa vie et la comprend probablement mieux que quiconque.

— Réponds-moi !

Sonia tourne un visage défait vers sa secrétaire.

— Je suis perdue !

— Vous vous êtes disputés, c'est ça ?

Elle acquiesce d'un mouvement de la tête.

— Tu ne vas pas aller visiter tes patients dans cet état ! Prends cette clé et va te reposer chez moi, c'est à deux pas, propose Stéphanie. Il n'y a personne sauf Quindy, mais ce gentil chien t'adore. Je viendrai à midi et je préparerai le déjeuner. Je vais annuler tes rendez-vous.

— Je te remercie, répond Sonia en se forçant à sourire.

— On parlera ! Surtout n'agis pas dans la précipitation. Tout peut s'arranger…

— Mais je n'ai rien fait de ce qu'il me reproche ! C'est bien là le drame. Je te jure que tout est clair dans ma tête !

— Je n'en doute pas. Ton mari a agi sous le coup de la colère, attends un peu, il va comprendre !

Stéphanie connaît la vie. Son époux l'a quittée après cinq années de mariage. Elle a cru mourir en apprenant qu'il la trompait avec une amie d'enfance, puis, pour son fils, elle s'est forcée à vivre, à surmonter sa douleur. Avec le temps, ses ressentiments se sont apaisés.

— Allez, prends cette clé et enferme-toi chez moi.

La sollicitude de Stéphanie remonte un peu le moral de Sonia. Une véritable amie, même si elles ne sont pas toujours du même avis. Elle s'apprête à partir, quand son portable sonne. Elle sursaute, espérant François, à moins que… Elle hésite à répondre.

— Allô, Sonia ? J'ai besoin de te voir !

Que veut Guyla ? Tenter de la séduire à nouveau ? Elle ne cédera pas, c'est désormais une certitude, alors, comme elle s'apprête à couper la communication, il insiste :

— Je t'attends à l'hôtel. Je ne t'ai pas dit… J'ai des nouvelles de ton père !

Est-ce un piège ? Elle hésite, puis, considérant qu'elle ne doit rien négliger, répond :

— J'arrive.

Septembre 1998.

Après avoir déposé la lettre sur le dessus-de-lit, Sonia chercha ses relevés bancaires : son père lui avait ouvert un compte d'épargne logement qu'elle pourrait solder. Elle rangea quelques vêtements dans son sac, attendit que sa mère soit dans la cuisine pour sortir par une seconde porte à l'opposé de l'entrée principale. Sa voiture était restée dans la rue, personne ne l'entendrait partir.

À la pâture des Coulomier, les Tziganes étaient en train d'aménager leur camp. Ils avaient remis en état de vieilles roulottes abandonnées quand ils habitaient dans leurs baraquements. Les hommes construisaient à la hâte une sorte de hangar, les femmes déballaient des coffres de bois où s'entassaient leurs effets et des ustensiles de cuisine. Henri Coulomier allait d'un groupe à l'autre, donnait des conseils, proposait des arrangements : les deux masures et la grange abandonnées en bordure du parc leur serviraient d'abri provisoire, il leur fournirait de l'électricité ; pour l'eau, le puits ferait l'affaire dans un premier temps.

Il aperçut Sonia debout à côté de sa voiture et, comprenant que la jeune fille s'était disputée avec son père, appela Mélina.

— Vous faites une drôle de tête, constata-t-elle. Ça s'est mal passé avec votre famille, n'est-ce pas ?

Sonia opina, la femme proposa :

— Venez à la maison. Tout ce remue-ménage n'est pas bon pour vous !

Sonia, un peu déçue de ne pas retrouver Guyla, lui emboîta le pas.

— Il y a tellement de chambres vides dans cette grande maison ! Vous allez choisir celle qui vous convient, moi, j'ai une préférence pour celle qui donne sur le parc et la rivière que vous devinez entre les arbres.

Distraitement, Sonia s'approcha de la baie et regarda le parc magnifique en cette fin d'été. Enfin, elle osa lui poser la seule question qui lui importait.

— Votre père n'est pas facile, n'est-ce pas ? affirma Mélina comme si elle n'avait pas entendu. Mais on doit le comprendre, c'est son rôle d'appliquer la loi !

— Je n'ai pas vu Guyla ? insista Sonia d'une voix angoissée.

— Il a dû s'absenter. Ne vous faites pas de souci, il va revenir.

Cette perspective réconforta Sonia qui se sentait bien dans cette maison, comme si elle la fréquentait depuis toujours. Loin de l'écrasante autorité paternelle, la jeune fille avait l'impression d'être devenue une adulte capable de prendre son destin en main.

— Si j'ai bien compris, vous vous êtes enfuie ? poursuivit Mélina. Ce n'est pas forcément une bonne chose. Vos parents vous aiment et sont sûrement très malheureux. C'est pour Guyla, je vous comprends. Mais vous savez, avec les années, on mesure la portée de ses actes et les priorités changent.

— Je ne veux plus jamais revoir mon père !

— Il a agi pour vous protéger. Donnez-vous le temps

de réfléchir. Ici, vous serez comme chez vous, vous pourrez voir Guyla autant que vous voudrez...

Des éclats de voix s'élevèrent soudain de la cour. Mélina se dirigea vers la porte restée ouverte. Sonia qui avait reconnu la voix du docteur Modalès, chercha autour d'elle une issue pour s'échapper quand elle l'entendit crier :

— Ma fille est ici ! Je vous demande de lui dire de rentrer à la maison !

— Je n'en ferai rien, monsieur, répondit Mélina qui était sortie. Ici, vous êtes chez moi, et votre fille majeure a le droit d'aller où bon lui semble !

— Vous protégez ces étrangers en situation illégale et, naturellement, vous êtes très heureuse que Sonia fricote avec l'un d'eux !

— Ce que fait mademoiselle Modalès ne me regarde pas, répliqua sèchement la femme.

Henri Coulomier qui avait entendu le médecin s'en prendre à Mélina arriva en courant. Le docteur réputé pour avoir les nerfs à fleur de peau, saisit Coulomier par le col de sa veste et le secoua.

— Je vous jure que vous allez me le payer !

Mélina se plaça à côté de son mari.

— J'espère que vous mesurez les conséquences de vos actes ? dit-elle d'une voix qui se forçait au calme.

Perdant tout sang-froid, Modalès leva le poing sur un Coulomier impassible.

— Frappez et vous m'en répondrez devant les tribunaux !

Le docteur se ravisa et lâcha Coulomier. Il fit demi-tour, monta dans sa voiture et partit en accélérant rageusement.

Quelques instants plus tard, Guyla entra dans la maison sans s'annoncer, comme s'il était chez lui. Son regard méchant et son visage contracté troublèrent un instant Sonia.

— Ton père doit savoir qu'il ne gagnera jamais contre nous !

Henri arriva, chercha sa femme du regard, puis se plaça en face des deux jeunes gens.

— Je comprends parfaitement votre sentiment, commença-t-il, cette force de la jeunesse qui vous pousse l'un vers l'autre, cependant…

Il s'interrompit pendant que Mélina posait un plateau avec des tasses de café sur la table basse.

— Votre père a été incorrect, poursuivit-il à l'intention de Sonia, mais je ne peux pas le blâmer totalement. Vous êtes ici, c'est bien, mais pensez-vous à l'avenir ?

En l'entendant s'exprimer de la sorte, Sonia avait envie de crier. Voilà que M. Coulomier parlait exactement comme ses parents ! Il lui signifiait de quitter cette maison et de rompre avec Guyla !

Vexée, elle se leva vivement et marcha vers la porte. Henri l'arrêta :

— Je comprends que ce que je viens de dire vous heurte, mais c'est dans votre intérêt.

— Je sais ! s'emporta-t-elle.

Elle sortit dans la cour en proie à une vive colère, courut jusqu'à sa voiture. Un jeune homme l'attendait, debout à côté de sa moto.

— Maxime, qu'est-ce que tu fais là ?

— Je voulais te voir, te parler… On est tous inquiets pour toi.

— De quoi vous vous mêlez ? Je fais ce que je veux !

— Inès et Lola t'ont appelée plusieurs fois. Ton téléphone est toujours éteint, ce n'est pas ton habitude.

— Je n'ai pas envie de leur parler.

Elle ouvrit la portière, Maxime se plaça devant pour l'empêcher de s'asseoir au volant.

— Il faut que je te dise, ajouta le jeune homme. Ton Guyla, ce n'est pas un garçon recommandable. Ce qui l'intéresse, c'est l'argent. Il a fait chanter une fille de Bergerac. Méfie-toi de lui.

— Je me passerai de tes conseils, cria Sonia exaspérée.

Elle démarra en trombe, mais n'alla pas très loin. Le besoin de Guyla creusait en elle un vide immense. L'étreindre, sentir son corps contre le sien, son souffle sur sa figure... Elle l'aimait plus que tout au monde et personne ne pourrait l'empêcher de le voir. Elle se dissimula en bordure de la forêt et attendit que Maxime soit parti pour retourner sur ses pas. Dans la pâture, les Tziganes avaient allumé un grand feu au milieu de l'espace délimité par les caravanes disposées en cercle. Les enfants jouaient avec des tisons.

Un léger bruit la fit se retourner. Il était là, superbe, sublime, merveilleux. Son corps fin et en même temps robuste avait l'aisance des animaux de proie. Son regard très noir brillait d'une lumière rare qui éclairait son sourire enchanteur. Incapable de bouger, Sonia attendit qu'il la prenne dans ses bras. Elle ferma les yeux pour s'abandonner au plaisir de son contact, de ses lèvres sur les siennes. Elle aurait voulu mourir à cet instant de bonheur absolu, oublier sa famille, Maxime et les autres. Elle lui murmura :

— Ma famille, mes anciens amis, même les Coulomier, tout le monde est contre moi, contre nous... Mais je m'en fous.

— Non, rectifia Guyla, les Coulomier ne sont pas contre nous. Ils n'ont pas compris la force de notre amour, c'est tout.

— Partons à Bordeaux, proposa la jeune fille. Je vais arrêter mes études et chercher du travail, n'importe quoi, je ferai des ménages s'il le faut.

— Nous quitterons ce village, je te le promets. Mais pas tout de suite. Il faut préparer le nouveau campement et je veux rester avec les miens pendant ces jours difficiles. On s'attend à ce que les gendarmes qui nous laissaient tranquilles jusqu'à présent vérifient nos papiers.

— Qu'est-ce que ça peut nous faire ?

— Quand tout ceci sera arrangé, nous ne penserons plus qu'à nous deux, c'est promis.

Sonia était un peu déçue. Le sentiment de Guyla avait-il une limite ? Il voulait rester avec sa famille alors qu'elle venait de quitter la sienne ! Guyla ajouta :

— Va faire la paix avec tes parents. C'est préférable. Laissons passer quelques jours, et nous nous enfuirons quand personne ne s'y attendra.

— Jamais, tu entends ? Jamais je n'y retournerai.

— Si, ils doivent croire que tu te ranges de leur côté. Nous ne pourrons pas leur échapper tant qu'ils te surveillent. Tu as bien vu avec quelle facilité ton père te retrouve à chaque fois.

C'était bien parce que Guyla le lui demandait qu'elle reprit la route du village. Elle gara sa voiture dans la rue et passa le portail en redoutant de croiser son père. Elle monta l'escalier, Angélique l'aperçut.

— Je vous demande pardon ! murmura la jeune fille du bout des lèvres.

— Ma chérie ! Enfin, tu es là. Comme je suis heureuse.

Le docteur recevait ses patients dans son cabinet. Angélique alla l'avertir :

— Tout va bien ! Sonia est de retour.

Quelques instants plus tard, le docteur arriva, serra sa fille contre lui, ce qui ne lui était pas coutumier.

— Ne m'en veux pas... Je voudrais tant que tu sois heureuse.

Sonia serrait les dents pour ne pas répondre.

Les jours suivants, elle reprit son stage à l'hôpital et renoua avec ses amis : Guyla lui avait recommandé de se soumettre et de ne rien laisser paraître de leur projet. « J'ai des amis à Bergerac, avait-il précisé. Ils nous hébergeront en attendant qu'on ait un logement à Bordeaux ! »

La pensée qu'elle allait vivre avec Guyla, qu'elle ne le quitterait plus suffisait à lui donner la patience de supporter les remarques de son père et de ses amis. Elle était prête à rompre avec eux, ne plus jamais les revoir, abandonner l'espoir d'être elle-même médecin ; elle se passerait de l'opulence bourgeoise si c'était le prix à payer.

Tous les soirs, elle rejoignait Guyla chez les Coulomier, mais depuis l'intervention de la police, le jeune homme inquiet restait sur ses gardes. Un soir, il arriva essoufflé. Mélina lui demanda ce qui se passait, il expliqua d'une voix apeurée :

— Ils sont venus vérifier les papiers... On va être expulsés !

— Que dis-tu ? Ce n'est pas possible, assura-elle en se tournant vers la fenêtre qui donnait sur la pâture.

— Si, ils ont emmené mes oncles et mon père. Moi, j'ai pu m'échapper avant qu'ils arrivent parce que je me méfiais. Bande de salauds !

Son regard reflétait une haine profonde dont Sonia se sentait responsable. Il regardait autour de lui comme une bête traquée. Sonia s'accrocha à son bras :

— Mais tu n'as pas de papiers, toi non plus ?

— Qu'est-ce que tu crois ? fit-il sur un ton rebelle. Que ma vie a été comme la tienne, emballée dans du tissu de soie ?

C'était la première fois qu'il lui parlait ainsi, qu'il exprimait une sorte de rejet :

— Et c'est de la faute de ton père. Nous n'avons jamais été inquiétés jusque-là. Nous n'avons jamais gêné personne. On se contentait de vivre... Oui, c'est ton père qui a monté tout ça et tu sais pourquoi ?

Redoutant la réponse, elle recula vivement, comme si tout à coup, elle venait de plonger dans une eau glacée.

— C'est à cause de toi, de nous ! Il nous en veut,

il m'en veut parce qu'on est ensemble. Il ne faut pas chercher plus loin.

— Guyla, s'écria Sonia en se précipitant dans ses bras, je ne veux pas te perdre...

Mélina se taisait. Son visage s'était figé, ses lèvres entrouvertes, sa main levée indiquaient qu'elle s'apprêtait à annoncer une évidence difficile à formuler. Enfin, elle demanda :

— Qu'est-ce que vous allez faire ?

Elle s'adressait à Guyla et aux siens, mais aussi au jeune couple dont elle hébergeait volontiers les amours.

— On va partir, s'emporta Sonia. On va aller à Bergerac, là-bas, personne ne te demandera plus rien.

Mélina poussa un profond soupir et exprima le fond de sa pensée :

— Vous comprenez que ça change tout. Henri et moi, on veut bien vous aider, mais on ne veut pas avoir d'ennuis avec la police.

Elle savait que le docteur Modalès avait demandé une enquête sur elle et son mari. Une amie du Nord lui avait téléphoné pour l'informer qu'un homme bien curieux était venu lui poser de drôles de questions. Ce n'était pas le moment de se tromper d'adversaire.

Guyla lui jeta un regard froid. Voilà qu'elle se rangeait du côté des policiers. Visiblement tendu, il dit d'une voix cassante :

— Puisque c'est comme ça, je vais me débrouiller seul !

— Je suis avec toi, cria Sonia en le rejoignant à la porte.

Mélina tenta de les arrêter :

— Écoute-moi, Guyla, je ne veux pas être mêlée à tout ça pour des raisons que je ne peux pas te révéler. Viens, on va réfléchir à ce qu'on peut faire !

— C'est tout réfléchi, dit le jeune homme en s'éloignant.

Sonia s'accrocha à sa veste. Il eut un geste, comme pour s'en débarrasser, puis se ravisa :

— Il faut que tu comprennes, petite fille, ma vie n'a pas toujours été très limpide. Il y a le Guyla qui joue de la musique, le gentil garçon, et il y a l'autre, celui de la nuit que tu ne connais pas et qui ne veut pas se retrouver entre les mains de la police.

À l'entendre parler ainsi, Sonia éprouva l'horrible sentiment qu'il ne l'aimait pas, que Maxime avait raison. Ne se servait-il pas d'elle comme d'un bouclier ? Elle précisa :

— On part où tu veux.

— Je n'ai pas d'argent, voilà la vérité !

— Moi, j'en ai ! répliqua Sonia avec un sourire entre ses larmes. J'ai une carte bleue et un compte. Ne te fais pas de souci pour ça, on peut s'en aller tout de suite.

— Alors, viens… On va dire que tu me fais une avance, je te rembourserai plus tard.

Septembre 2012.

« J'ai des nouvelles de ton père ! » Cette phrase tourne dans la tête de Sonia en un manège infernal. Est-ce possible ? Elle rend sa clé à Stéphanie.

— Tu ne dois surtout pas te presser, conseille son amie, ce serait lui montrer ta faiblesse et il en profiterait pour te faire du chantage.

Une demi-heure plus tard, elle arrive à Libourne et monte directement dans la chambre de Guyla. Le musicien, assis sur un fauteuil, ne prend pas la peine de se lever pour l'accueillir. Dans la lumière du jour, elle découvre son visage fripé, mal rasé, les petites rides qui creusent son front et le pli dédaigneux de ses lèvres. Ses cheveux en désordre accentuent l'aspect ordinaire de son visage, massif et tellement moins gracieux que celui de François.

Une forte odeur de tabac flotte dans l'air. Guyla se lève lentement de son fauteuil et s'approche de Sonia qui s'écarte d'un pas. Il lui sourit, de son sourire particulier, qui, à cet instant, l'enlaidit. Il lui tend les bras, elle recule, sur la défensive.

— Je croyais que tu m'aimerais toujours, dit-il sur un ton désabusé. Si je comprends bien, les beaux sentiments ont fait long feu, tu préfères ton riche vigneron au musicien désargenté !

Elle ne veut pas le braquer et préfère louvoyer, gagner du temps.

— Il faut que je m'habitue...

Il est pitoyable avec sa robe de chambre en soie blanche ornée de fleurs bleues. Le luxe ne lui va pas. Où est le bel adolescent mal vêtu qui savait marcher sans bruit dans le sous-bois, qui sentait la mousse fraîche et la liberté ?

— La petite-bourgeoise est rentrée dans le rang, poursuit-il d'une voix aigre. La Sonia qui fuyait ses parents pour me rejoindre s'est assagie. Finalement, tu es comme toutes les autres.

— Je t'en prie, proteste Sonia. Je pense à mes filles. Tu m'as appelée, je suis venue, maintenant, dis-moi ce que tu sais.

Un léger rictus passe sur le visage de Guyla qui allume une cigarette. Son regard a retrouvé l'étincelle du braconnier que suivait Sonia dans les sentiers, celle du chasseur.

— Ce que je sais ? Ah, au fait, il faudrait que tu me trouves quelque chose pour une tendinite au poignet. C'est la maladie des musiciens et des couturières.

— Il n'y a pas de remède miracle. Seul le repos permet de guérir.

Sonia montre son impatience.

— Tu acceptes de dîner avec moi ce soir, c'est relâche ? demande Guyla.

— Pourquoi pas ? fait Sonia avec un sourire forcé même si elle sait très bien qu'elle ne dînera pas avec lui. Tu m'as dit avoir des nouvelles de mon père.

Il sourit, le pli dédaigneux au coin des lèvres s'accentue.

— Ton père ? Tu penses bien que je ne le porte pas dans mon cœur.

La haine gonfle la voix du violoniste.

— C'est vrai, répond-elle, mais c'est mon père. Il a disparu depuis 2007. Je t'en supplie, aide-moi à le retrouver.

— Il a été condamné et c'est un juste retour des choses. S'il avait été bon avec nous, s'il nous avait protégés, peut-être aurait-il réussi à prouver son innocence.

Sonia fronce les sourcils, et s'approche de Guyla, toujours debout au milieu de la pièce. Ce qu'il vient de dire montre un aspect de l'affaire qu'elle n'avait pas osé envisager : le docteur Modalès aurait-il été condamné parce que les Tziganes en avaient décidé ainsi ?

— Quoi qu'il en soit, il y a prescription, précise-t-elle pour pousser Guyla à la confidence. Le meurtrier n'a rien à craindre !

— C'est vrai, mais ce serait encore une injustice si le fugitif était innocenté ! ajoute Guyla toujours plein de rancœur.

— Tu ne peux pas dire ça ! Je veux seulement connaître la vérité.

— Tu as vu le bon docteur courir vers sa voiture, peut-être que le criminel courait dans l'autre sens, avance encore Guyla en souriant malicieusement.

— Je t'en prie, explique-toi. Il faut que je sache !

— Écoute, je ne peux rien t'apprendre de plus que les autres. Ton père a été libéré au bout de neuf années de détention, grâce à son ami, l'avocat Lesuet, qui a su démontrer l'absence de preuves formelles de sa culpabilité et surtout découvrir cet ADN trouvé sur son pistolet, ADN qui n'est pas le sien. Mais il n'est toujours pas acquitté : tout le monde connaissait son impulsivité qui a pu le pousser à faire une grosse bêtise. D'autant qu'il se croyait couvert après que les Coulomier eurent à leur tour rejeté les gens de ma communauté.

— Tu es très bien informé, constate Sonia, mais tu n'as pas répondu à ma question.

Guyla se tourne vers la fenêtre et regarde un long moment la ville ensoleillée.

— Quand nous avons été chassés comme des malpropres de Lembras, après l'assassinat, deux de mes oncles ont pu obtenir des papiers et se sont installés à Paris, poursuit-il. Ils ont ouvert un café, rue Caulaincourt, L'Étoile filante.

— En quoi cela me concerne-t-il ?

— Il se trouve que, par hasard, ils y ont vu ton père.

— Qu'est-ce que tu dis ?

Elle s'est précipitée sur Guyla qui reçoit son assaut avec un certain plaisir, puis se tourne à nouveau vers la contemplation des toits luisants sous le soleil de septembre. Les érables de l'avenue commencent à jaunir, l'automne est là, avec ses belles couleurs et ses premiers froids.

— Il était totalement méconnaissable. Maintenant, laisse-moi tranquille. J'ai besoin de travailler ma musique. Je te téléphonerai. N'oublie pas ta promesse.

— Je ne t'ai rien promis, assène Sonia.

Elle sort, décidée. Guyla vient de lui indiquer une direction où chercher, elle ira jusqu'au bout.

Toute fatigue oubliée, elle prend la route de Bergerac, et va frapper à la porte de sa mère.

— Guyla m'a dit que papa est à Paris, que les tenants d'un bistrot, L'Étoile filante, ont de ses nouvelles. Je vais aller le chercher.

— Tu n'y arriveras pas. Olivier Lesuet a mis des détectives privés sur sa piste : le commissaire Blénin a aussi tenté de le retrouver, tout ça pour rien. Comment veux-tu réussir là où ces spécialistes ont échoué ?

— Certes. Mais je me sentirais coupable de ne pas le faire !

Le visage d'Angélique s'éclaire. Ses grands yeux expriment une incrédulité mêlée d'espoir.

— Écoute, dit-elle, en s'asseyant, je pense que tu as raison, même si tu as très peu de chances de réussir.

— Accepte-moi ici jusqu'à demain, le temps de faire le point, demande Sonia. Ensuite, nous déciderons quelque chose toutes les deux.

— Bon, j'ai un cours particulier, lance Angélique. Je ne serai pas absente très longtemps. Fais comme chez toi.

Elle prend son imperméable, son sac et sort. Une fois seule, Sonia se dit qu'elle va téléphoner à François pour le revoir sans les filles, pour le rassurer, le convaincre qu'elle ne l'a pas trompé. Il comprendra et pourra l'aider dans sa reconquête d'elle-même. Puis elle renonce, redoutant un nouveau refus qui la blesserait profondément.

Pour meubler le temps, elle feuillette un magazine posé sur la table basse devant la télévision. Sa mère arrive vers dix-neuf heures. Le soleil est encore haut dans le ciel. Angélique accepte de faire une petite promenade près de la Dordogne. Elles marchent sans échanger un mot puis rentrent à l'appartement, solidaires, conscientes d'avoir retrouvé leur ancienne complicité.

Le soir, elles mangent dans la cuisine. C'est la première fois qu'elles sont aussi proches depuis quatorze ans. Sonia retrouve les gestes de sa mère qu'elle n'avait pas oubliés ; Angélique remarque chez sa fille des attitudes nouvelles, celles de la femme qu'elle ne connaît pas. Au moment de choisir une pomme dans la corbeille à fruits, elle demande :

— Parle-moi de tes filles. Je voudrais tant les connaître, j'espère que tu vas les amener très bientôt.

— Oui, bien sûr, répond Sonia.

— As-tu appelé François ? Je ne le connais pas non plus, mais je suppose que c'est un très gentil garçon et qu'il se fait beaucoup de souci.

— Je le ferai demain matin.

Malgré leur bonne volonté, les deux femmes peinent à

exprimer leurs pensées. Après le dîner, Angélique se retire dans son bureau, Sonia s'assoit de nouveau sur le canapé et attend. Son téléphone toujours posé sur la table reste désespérément muet. La voilà seule au milieu d'un désert.

Le temps ne passe pas. Angélique, consciente qu'elle doit faire un effort pour se rapprocher de sa fille, lui propose une tisane et allume la télévision. « C'est une présence, précise-t-elle, je ne la regarde qu'occasionnellement, mais j'ai l'impression d'avoir quelqu'un chez moi. » Puis, comme le film les agace toutes les deux, elle met l'appareil en veille.

— Ton père était très orgueilleux, commence-t-elle. Il n'a pas supporté d'être dégradé de sa Légion d'honneur. Finalement, même s'il m'a cruellement blessée en me rejetant à sa sortie de prison, je crois que je le comprends.

— Je sais qu'il m'en a beaucoup voulu, poursuit Sonia, qu'il m'en veut sûrement encore, mais je... Je le détestais.

— Il n'a pas été tendre avec toi. Il aurait dû tempérer, mais c'était un homme entier. Olivier Lesuet pense qu'on l'a attiré dans un piège. Il s'en est aperçu et a paniqué, raison pour laquelle tu l'as vu courir sur le sentier. Je ne comprends pas pourquoi il n'a pas parlé.

— Par fierté, sûrement, réplique Sonia avec conviction. Nous devons chercher à comprendre. Reprenons tout depuis le début.

Finalement, la jeune femme n'est plus sûre de sa mémoire. La haine de son père a pu la pousser à occulter certains détails essentiels qui auraient pu conduire les enquêteurs vers le véritable meurtrier. Que faisait-elle dans le bosquet tout proche de la maison des Coulomier ? Attendait-elle Guyla qui lui avait donné rendez-vous à cet endroit à une heure où elle aurait dû être à l'hôpital ? Elle se revoit dans le sentier quand les deux coups de pistolet ont retenti. Paniquée, elle s'était cachée derrière un fourré. Son père était passé près d'elle en marchant très vite (n'a-t-elle pas dit qu'il courait ?) Pourquoi le docteur avait-il abandonné sa voiture à quelques centaines de mètres de la maison des Coulomier ? À cette question, l'accusé n'avait pas donné de réponse satisfaisante : « Je n'allais pas chez les Coulomier, je me rendais chez les Tziganes dont un enfant était malade et c'était plus court ! » À l'audience, le président avait alors demandé à Sonia si son père portait sa trousse de médecin, elle n'avait pas pu répondre par l'affirmative, ce détail lui ayant échappé.

— Il aurait probablement été condamné même sans ton témoignage, suppose Angélique. Trop d'indices conduisaient le commissaire Blénin jusqu'à lui : les traces de pas dans la boue où le chemin longe le ruisseau, et son arme retrouvée à moins de dix mètres du lieu du crime.

— Justement, fait Sonia, c'est ce qui aurait dû persuader les policiers de son innocence. Papa était trop malin pour commettre des erreurs aussi grossières.

— C'est vrai ! constate Angélique dont le visage s'éclaire, comme si cette affirmation gommait un doute persistant.

— Ceci doit nous suffire pour unir nos forces, insiste la jeune femme. À l'instant où j'ai vu Guyla au restaurant, j'ai pensé que c'était possible et que le destin me confiait une mission. Ce n'est qu'à ce prix que je pourrai enfin être heureuse avec François et les filles.

— Oui, mais par où commencer ?

— Guyla ne m'a pas tout dit. Je le reverrai, je ferai tout pour qu'il me parle.

— Tout ?

Sonia baisse les yeux, comme si elle venait d'évoquer un acte qui la dérange. Non, elle ne fera pas ce que son être rejette, mais elle saura trouver le moyen de pousser le musicien à la confidence.

La détermination de Sonia redonne espoir à Angélique. Que l'adolescente haïsse son père parce qu'il cherchait à la séparer de Guyla lui semble moins odieux. N'a-t-elle pas, dans sa jeunesse, connu un amour aussi destructeur avec un agriculteur de la Dordogne lors d'un camp d'été ? Elle avait voulu tout quitter pour lui, arrêter ses études, travailler à la ferme avec lui. Contrairement au docteur Modalès, son père avait agi avec beaucoup de sagesse : « Tu veux aller vivre avec lui, soit, avait-il dit. Sache que notre porte te sera toujours ouverte ! » Le bonheur rural n'avait duré que quelques mois. Puis Angélique s'était lassée de son beau laboureur. C'était un honnête garçon, un travailleur acharné, mais elle s'ennuyait...

— Si on essayait de dormir ? demande doucement Angélique.

Elles ouvrent le canapé et font le lit. Sonia n'a pas sommeil, mais s'occuper ainsi à des corvées quotidiennes l'apaise.

Elle s'allonge, et écrit un SMS à François : *Tu m'en veux, je te comprends. Je suis partie rejoindre mon passé, mais je n'ai jamais douté de moi. Je t'aime, François, et c'est pour toi et les filles, pour nous, que je veux retrouver mon père. Pour redevenir quelqu'un dont ta famille n'aura pas honte. Je suis chez ma mère.*

Elle sait que François ne répondra pas, mais pour conserver un petit espoir, elle coupe son téléphone et ne le consultera que demain matin. Finalement, elle s'endort.

Quand elle se réveille, sa mère est déjà debout et prépare le café à la cuisine. Sonia ne l'a pas entendue traverser la pièce ; elle rêvait, une sorte de cauchemar qu'on ne veut pas arrêter, comme si la douleur qu'il provoque était nécessaire : François l'invitait à le rejoindre dans une maison qui ressemblait à celle des Coulomier. Il brandissait un pistolet, deux coups retentissaient et elle se voyait près de Guyla gisant dans une mare de sang. Elle s'agenouillait devant son propre cadavre et reprochait à celui du Tzigane d'être à l'origine du drame...

Sonia embrasse sa mère avec une effusion qui ne laisse pas Angélique indifférente.

— Je suppose que tu vas retourner à ton travail ? demande-t-elle.

— Oui, bien sûr.

Son cabinet, c'est le lien avec François. Angélique ne sait pas que Sonia en est propriétaire : son mari l'a acheté sans rien lui demander en contrepartie. L'argent n'a jamais été un souci au domaine Dorliac.

Angélique n'a pas bien dormi. Les propos de la veille ont dépoussiéré de vieux sentiments qui lui font regretter sa faiblesse face à l'attitude radicale de son mari. Pourquoi ne s'est-elle pas opposée à Franck, pourquoi n'a-t-elle pas soutenu sa fille ?

— On a des torts envers toi, déclare-t-elle à brûle-pourpoint. Mais tu en avais aussi : tu ne voulais pas nous entendre. La vérité, c'est que Guyla était un être double, lumineux quand il faisait de la musique et sombre quand il s'introduisait dans les maisons à la recherche des bijoux...

Sonia pose vivement sa tasse sur la table et la renverse, Angélique prend une éponge sur l'évier. La jeune femme a toujours pensé que ses parents avaient inventé cette histoire de vols pour l'éloigner du garçon.

— Guyla n'avait pas de papiers, ce qui n'était qu'un moindre mal, mais il aimait le luxe et la vie facile, ajoute Angélique. Je suppose qu'il n'a pas beaucoup changé.

Sonia secoue la tête en pensant à l'hôtel où le musicien est descendu, un des plus chers de Libourne.

— C'est vrai, reconnaît-elle en se remémorant le rustre qui s'est jeté sur elle l'autre soir. Je ne voyais qu'un seul aspect de sa personne. Vous aviez raison de me mettre en garde, mais je ne pouvais pas l'entendre.

— Nous sommes tous ambigus, conclut Angélique. Mais certaines ambiguïtés sont plus acceptables que d'autres. Maintenant, je dois me dépêcher, j'ai un cours à neuf heures.

Sonia se demande pourquoi sa mère, qui n'a pas de gros besoins d'argent, se crée autant d'obligations, enchaînant les cours particuliers et militant dans des associations pour aider les étrangers à apprendre le français. Angélique comprend le silence interrogateur de sa fille et précise :

— Sans ça, je n'existe pas, je meurs à petit feu. C'est ainsi.

Sonia passe dans la salle de bains. Sous le jet d'eau tiède de la douche, elle a l'impression de se débarrasser d'une crasse amassée pendant des années. Elle s'habille rapidement et cède la place à sa mère qui a terminé la vaisselle. Au moment de sortir, Angélique demande :

— Qu'est-ce qu'on fait ce soir ? Tu reviens ?

— Je ne sais pas. Je te téléphonerai dans la journée.

Ce matin, François conduit Caroline et Marine à l'école. Jeanne a insisté pour qu'on ne change rien aux habitudes afin de ne pas trop déstabiliser les fillettes, déjà traumatisées par l'absence de leur mère. Grand-maman a raconté que Sonia est partie pour plusieurs jours à un congrès de kinésithérapeutes, mais Caroline ne la croit pas. Marine s'est rassurée en se disant qu'elle aura un beau cadeau à son retour, pourtant, l'attitude des grandes personnes, le visage fermé de grand-papa, indiquent qu'on ne lui dit pas tout. La nuit dernière, les filles ont dormi au château, ce qui n'est pas extraordinaire puisque cela arrive souvent, mais les yeux rougis de leur père et sa nervosité les angoissent.

Se donnant la main, elles hésitent à franchir le portail de l'école. Marine fait un signe à François, des larmes roulent sur ses joues.

D'un pas lourd, le jeune homme regagne sa voiture et roule lentement dans la longue rue qui suit le cours d'une petite rivière emprisonnée entre deux murs de béton. Il a bien lu le SMS de Sonia, mais n'est-ce pas un écran de fumée pour cacher la vérité ? Une lame tranche ses entrailles, déchire ses viscères ; des envies de mort hantent son esprit : il s'imagine lançant sa voiture à pleine vitesse contre un mur.

François est honnête, sans la moindre malice. Il a imposé Sonia dans son milieu de riches viticulteurs en pensant que les gens finiraient par s'habituer. Il a cru que Paul accepterait la mère de ses petites-filles et il s'est trompé parce que celle à qui il a tout donné n'est pas digne de son sentiment exclusif. Cette amère constatation le torture.

Il se résout enfin à retourner au domaine. La préparation des vendanges occupe tout le monde. Il trouve son père dans le chai où les cuves de fermentation sont rincées une dernière fois. Dans la pièce voisine, Franchet vérifie les tonneaux neufs où le jeune vin va prendre corps, exprimer sa personnalité pendant plusieurs années.

— Il va falloir faire de la place, dit Paul en désignant une rangée de tonneaux anciens.

La salle d'embouteillage jouxte le chai. Plusieurs personnes y travaillent à l'année. Les employés ont revêtu des combinaisons spéciales : Paul ne lésine sur rien ; il vérifie tout, même les bouchons livrés par un fournisseur qu'il connaît depuis plus de trente ans.

— Tu comprends, répète-t-il à son fils, sans ces détails tu ne peux pas garantir la qualité d'un grand vin.

Paul rejoint Franchet qui lui montre un tonneau neuf aux douelles comportant des nœuds et des taches sombres.

— C'est du chêne de troisième catégorie. Je ne comprends pas que Landeau ait laissé passer ça ! s'étonne le viticulteur.

— Ça peut arriver, répond François. Je vais lui téléphoner.

— On avance, ajoute Paul. Le recrutement est presque terminé. Suis-moi au bureau.

Ils rentrent au château sans échanger un mot. Paul s'assoit à son bureau, feuillette un instant le dossier ouvert devant lui, puis lève un visage sévère sur son fils.

— Ce que j'ai à te dire ne concerne pas les recrutements. Les gens parlent, ce n'est pas bon.

Paul a raison : les employés dans les vignes, les voisins, les commerciaux, tout le monde est au courant de l'aventure de Sonia avec un musicien de passage et ne manque pas d'en rire. Les regards méprisants qu'ils ont pour l'héritier du domaine Dorliac sont éloquents. François a beau être riche, à quoi cela sert-il s'il ne sait pas garder sa femme ? Et puis, la fille du meurtrier de Lembras est une allumeuse, et le gentil fils de famille n'est pas de taille à lutter avec un beau saltimbanque qui sait la faire rêver.

— Tu dois te décider. Tu veux qu'on te considère comme un homme ou comme un niais ?

— Me décider à quoi ? réplique François en soutenant le regard de son père.

— Tu sais à quoi je pense !

— Sache que je me fous de ce que pensent les autres, s'emporte François en s'en allant.

Quand il revient de l'agence de recrutement, deux heures plus tard, un camion blanc du SAMU est arrêté près du château. Des hommes portant une civière entrent en courant. François demande ce qui se passe, personne ne lui répond. À l'intérieur, sa mère l'accueille en pleurs. Franchet, le maître de chai, et Julien Bart, responsable des vignerons, sont là, les bras ballants.

— Votre père, souffle Julien Bart… On était au chai en train de faire de la place quand…

François découvre Paul allongé sur le divan de son bureau. Un médecin affairé près de lui donne des ordres brefs aux deux collègues qui le secondent. On approche le brancard.

— Descendez-le doucement, attention à la perfusion…

En larmes, Jeanne tombe dans les bras de son fils.

— Ton pauvre père s'est usé au travail… geint-elle.

— Qu'est-il arrivé ? demande François d'une voix altérée.

— Un infarctus… Le docteur dit que c'est grave.

Conscient, le malade tourne la tête et fait un signe à François.

— Pense aux vendanges, murmure-t-il. L'année n'a pas été trop mauvaise, ne néglige rien…

Il parle ainsi pour bien montrer à François que ses soucis personnels ne doivent pas le détourner de la récolte essentielle pour la renommée de la maison.

— Je te le promets ! répond François en prenant la main de son père.

On emporte Paul. Le médecin s'approche du jeune homme et lance, avant de monter dans le véhicule :

— Il a eu de la chance, mais il n'est pas encore tiré d'affaire.

Les portières claquent, le fourgon s'éloigne dans un nuage de poussière. D'un coup, le silence oppressant de la cour déserte détourne les employés de leurs tâches quotidiennes. Jeanne s'adresse à son fils :

— Ton père est surmené, voilà où conduisent les soucis. Il a fallu que ça arrive maintenant.

François a bien compris et ne trouve pas de réponse.

— Ton père ne montre rien, mais c'est un grand sensible, ajoute la vieille femme sur le ton du reproche.

François pousse un soupir d'agacement.

— Et les filles ? insiste Mme Dorliac. Marine s'est réveillée plusieurs fois cette nuit. Elles aussi souffrent de la situation.

— Mais non. Elles sont entrées dans la cour de l'école comme d'habitude et ont retrouvé leurs copines.

— Elles ont le sentiment que leur mère les a abandonnées. Je pense qu'il faut leur dire la vérité.

François pense au SMS de Sonia l'assurant qu'elle ne l'a pas trompé. Qu'elle est seulement allée voir Guyla parce qu'il était présent sur les lieux du crime de Lembras. Il accepte de moins en moins que ses parents lui fassent la leçon.

— Je ferai ce qui me semble bon. J'ai besoin de réfléchir.

— Mais c'est tout réfléchi ! s'emporte Jeanne. On ne suit pas quelqu'un dans sa chambre sans avoir une idée derrière la tête. Une femme mariée et mère de deux enfants ne se comporte pas comme ça. Et puis, ses congrès, ses séminaires de kiné, tu crois qu'elle en avait besoin ? Non, c'était pour quitter la maison et faire la fête !

C'est vrai que Sonia est souvent expansive. Elle aime danser et plaisanter, ce qui est mal vu dans l'austère « aristocratie du bouchon ». Là, en face de sa mère, François commence à douter de ce comportement qu'il avait considéré jusque-là comme une marque de joie de vivre et de bonheur.

— Seule les vendanges ont de l'importance, tranche-t-il. On verra le reste ensuite. Laisse-moi gérer mes affaires comme je l'entends.

En traversant la cour pour rejoindre sa voiture, il observe les nuages. Un orage de grêle serait catastrophique ! L'envie de voir Sonia le conduit jusqu'à son cabinet. Son véhicule n'est pas là. Où est-elle encore, à une heure où elle devrait recevoir ses patients ? Dans les bras de son gigolo ?

Il consulte l'écran de son téléphone : Sonia n'a pas appelé. Elle renie ses filles et ce qu'ils ont construit tous les deux, pour un m'as-tu-vu ; elle tourne le dos à la belle situation qu'il lui a permis d'acquérir, ce n'est pas acceptable !

Il jette nerveusement son téléphone sur la banquette. L'appareil rebondit et glisse entre les sièges. Il se penche pour le récupérer quand la sonnerie l'arrête. Le souffle court, l'esprit bloqué sur une seule pensée, il le ramasse avec précaution comme s'il redoutait un geste maladroit qui interromprait l'appel. Faux espoir : c'est l'agence qui lui propose de nouveaux candidats vendangeurs. Puis sa mère lui donne des nouvelles de Paul :

— Il est passé très près, mais il est tiré d'affaire pour cette fois. Désormais, il devra se surveiller. Plus question de travailler quinze heures par jour. Il compte beaucoup sur toi.

Cette dernière phrase l'irrite au point qu'il ferme son portable sans répondre. L'envie de voir Sonia, de l'épier, le fait de nouveau repasser devant le cabinet. Sur le parking, il longe l'allée qui sépare les deux rangées de véhicules. Sonia devrait pourtant être là. Il l'imagine avec horreur épuisée au petit matin après une nuit d'amour, incapable de faire face à ses obligations professionnelles.

Et puis elle arrive : François reconnaîtrait sa Peugeot bleue entre toutes. Il voudrait se cacher, fuir, mais Sonia se gare juste derrière lui, sort de son véhicule, prend son sac à main posé sur la banquette arrière et s'approche.

— François ?

Il n'ose pas lever les yeux. Il doit être pitoyable, alors il pense aux moqueries qui fusent dans le dos du cocu ; il imagine Sonia dans les bras de son amant, il entend ses mots d'amour qui le brûlent comme des braises.

— Je ne veux plus te voir, dit-il au comble de la douleur.

— Mais alors qu'est-ce que tu fais là ?

— C'est pour te dire que je vais demander le divorce.

Elle se penche très près de lui et le regarde bien dans les yeux :

— Je n'ai commis aucune faute, François. Je saurai le prouver. En tout cas, je refuse le divorce.

Il fait un geste pour démarrer et partir en trombe, mais sa main hésite, recule, tombe sur son genou.

— Je te le jure, j'ai tant besoin de toi, mais je ne reculerai pas.

— Où étais-tu cette nuit ?

— Chez ma mère. Elle te le confirmera.

Comment François oserait-il appeler Angélique Modalès quand il ne l'a jamais rencontrée ? Il se sent minable, c'est lui le perdant, le vaincu. Il se fait horreur.

— Écoute-moi, François...

— Non, je t'ai assez écoutée !

Cette fois, il démarre, enclenche une vitesse. La voiture s'éloigne. « Il faut que j'en aie le cœur net ! » pense le jeune homme toujours en proie à son indécision, son envie de céder à Sonia et la peur d'afficher sa faiblesse qui ouvre la porte à tous les débordements.

Le soir même, François s'invente une réunion de son club de bridge et confie les filles à sa mère. Il a cherché sur Internet l'adresse du piano-bar où se produit Guyla et s'y rend, bien décidé à clarifier la situation.

Il va à Libourne en empruntant les petites routes, comme pour retarder une confrontation nécessaire qui va le torturer. Il trouve difficilement une place, hésite devant la porte illuminée de l'établissement, puis se décide à entrer. Sur la scène, il remarque tout de suite l'homme du restaurant, grand, séduisant, tenant délicatement son violon dont il tire des notes langoureuses. Ce soir, les chaises libres ne manquent pas. François s'assoit, commande une bière et parcourt l'assistance à la recherche de Sonia. Ne la trouvant pas, il fixe son attention sur

Guyla. Le Tzigane a tout pour plaire à sa femme : la beauté, une forte personnalité, et il est très bon musicien. À côté, François se sent invisible. Il paie sa consommation et sort.

La fraîcheur de la nuit le surprend après l'atmosphère surchauffée de la salle. Il regagne sa voiture mais ne se décide pas à partir. Guyla l'attire, comme s'il était lui-même sensible à son charme, comme si la souffrance que sa seule vue lui procure était nécessaire. Il retourne près du bar, fait les cent pas sur le trottoir. La musique s'arrête sous les applaudissements, puis les clients sortent. François remarque Guyla, plus grand que les autres, portant son étui à violon qui bavarde avec un groupe avant de se diriger seul vers le parking. Sans hésiter, François s'approche de lui, déterminé.

L'homme lève les yeux et le salue.

— C'est pour un autographe ? demande le musicien en souriant.

— Je suis le mari de Sonia, répond François sur un ton ferme qui se veut plein d'autorité.

Guyla ricane dédaigneusement.

— Enchanté ! Sonia est une femme merveilleuse. Je la connais depuis très longtemps.

— Où est-elle ? demande François dont la voix a perdu son assurance.

— Elle m'attend dans ma chambre ! réplique Guyla. Elle était un peu fatiguée.

François accuse le coup, sonné comme s'il venait de recevoir une paire de gifles. Il était venu avec le vague espoir que Guyla confirmerait ce que Sonia ne cesse de lui répéter. Une douleur aiguë éclate dans sa poitrine. Les épaules basses, vaincu, trop malheureux pour frapper, il fait demi-tour et s'éloigne.

— Qu'est-ce que vous croyez ? insiste le musicien. Sonia et moi on s'est retrouvés, plus rien ne nous séparera !

François entend sa condamnation définitive prononcée par cette voix grave et assurée que l'accent embellit. Il monte dans son véhicule, quitte ce parking maudit et roule au hasard.

Cette fois, plus rien ne le retient.

Septembre 1998.

— Avec un peu d'argent, on se débrouillera, dit Guyla à Sonia.

Ils traversèrent la cour illuminée d'un soleil intense. La voiture de Sonia était garée à proximité. Guyla, d'un geste autoritaire, s'assit au volant et lui fit signe de monter. Elle obéit, consciente que le garçon qu'elle aimait avait plusieurs facettes dont certaines lui faisaient peur.

— Mais tu as le permis ?

— T'occupe, cela fait longtemps que je conduis.

Ils s'éloignèrent lentement du campement quand deux fourgons de police arrivèrent. Ils venaient contrôler les papiers des Tziganes et ceux qui n'étaient pas en règle seraient reconduits à la frontière. Il poussa un juron et les maudit dans sa langue.

À Bergerac, le jeune homme s'arrêta à l'entrée de la ville.

— C'est mieux de continuer à pied. Si ton père nous fait rechercher, ce sera plus facile pour se cacher.

Au centre-ville, Guyla conduisit Sonia dans une ruelle humide et frappa à la fenêtre d'une maison délabrée dont le crépi s'écaillait en lourdes plaques grises.

— J'ai des amis qui habitent ici, expliqua-t-il. Ils nous

loueront une pièce à l'étage, cela nous suffira le temps de réfléchir à ce que nous allons faire.

Guyla poussa la porte qui donnait sur un escalier poussiéreux aux marches branlantes. À l'étage, il appuya sur le bouton d'une sonnette. Un homme très brun vint ouvrir. Guyla lui parla à voix basse, puis ils pénétrèrent dans un intérieur sale, meublé d'une table avec des bancs, et dans le coin, d'une gazinière près d'un évier où s'empilaient des assiettes.

— Ce n'est pas le grand luxe, dit l'homme en français, mais ici on est tranquille. Vous pourrez loger dans la pièce du fond, il y a une entrée par le couloir. Je n'ai pas la clé, ici, on ne craint pas les cambrioleurs.

Tout en parlant il conduisit le couple au fond du couloir. Une lampe diffusait une pâle lumière jaune. Sonia retint un haut-le-cœur. Des odeurs désagréables de détritus, de crottes de rats, d'humidité lui retournaient l'estomac. Que faisait-elle dans cet endroit sordide ?

La pièce où ils entrèrent était encombrée de malles en bois, des vêtements s'entassaient sur un vieux matelas. La fenêtre, minuscule, donnait sur une cour intérieure sans soleil. Sonia s'arrêta à l'entrée, Guyla se tourna vers elle :

— Bien sûr, c'est en attendant mieux. On va chercher un appartement, moi je vais trouver du travail dans les vignes.

Sonia ne pouvait détacher son regard du matelas usé, couvert de taches sombres. L'homme s'éloigna. Guyla la prit dans ses bras. L'inconfort, la précarité, et toutes les questions qu'elle se posait disparurent quand le jeune homme posa ses lèvres sur les siennes.

Ils firent l'amour, oubliant les mauvaises odeurs et la porte restée entrebâillée. Sonia avait découvert la sexualité avec Guyla, et elle n'imaginait pas pouvoir désirer un autre homme. Pour cela, elle était prête à renier sa famille et abandonner ses études de médecine. Elle se contenterait d'être ouvrière ou employée. Vivre n'avait de sens que pour le plaisir d'être avec le garçon qu'elle aimait.

Guyla, assis sur le lit, préoccupé, regardait distraitement la fenêtre entrouverte et le mur gris de l'immeuble voisin. Sonia s'approcha, l'enlaça et posa la tête sur sa poitrine.

— Qu'est-ce qui ne va pas ? On dirait que tu es triste.

— Je pense aux miens. Beaucoup n'ont pas de papiers et vont être reconduits dans notre pays où ils n'auront rien à faire et seront mis en prison.

— Pourquoi ? Ils n'ont commis aucun crime.

— Si, ils ont commis le crime d'être des proscrits partout où ils vont. Et puis, là-bas, c'est la grande misère. Il ne faut pas que les flics m'arrêtent parce que…

— Parce que tu as quelque chose à te reprocher ? demanda Sonia, anxieuse.

Son silence était explicite. Sonia se pelotonna contre lui. Elle l'aimait plus que tout au monde. Qu'il n'ait pas de papiers le rendait plus précieux encore. Elle en voulait toujours plus à son père d'être à l'origine d'une rafle inhumaine.

— Qu'est-ce qu'on peut faire ? demanda-t-elle. On peut fuir très loin, là où personne ne te demandera rien.

Il eut un petit rire moqueur.

— On voit bien que tu n'as aucun sens de certaines choses. C'est quand on se déplace qu'on risque de se faire coincer.

— Alors, on part dans ton pays. Tu y seras en règle !

Il haussa les épaules, et sourit avec ce rictus un peu méprisant qui enlaidissait son beau visage.

— Tu ne sais pas de quoi tu parles. Mon pays n'est pas bon pour les femmes comme toi.

— Alors qu'est-ce qu'on fait ? demanda à nouveau Sonia.

— J'ai une combine. Je vais acheter des faux papiers

aussi vrais que les tiens. Mais il faut de l'argent. Ceux qui les signent dans les préfectures et les autres, ceux qui les obtiennent, se font payer cher.

Sonia s'étonnait que pareilles choses soient possibles. Elle l'avait vu dans des films, mais comment admettre que ce trafic existait tout près d'elle, à Bergerac ? La corruption était-elle donc banale ? La jeune fille de bonne famille pressentait près d'elle un monde souterrain qu'elle croyait réservé aux seules grandes villes !

— Il faut beaucoup d'argent ! répéta Guyla.

Sans réfléchir, Sonia proposa :

— J'ai cinq mille euros sur mon compte.

— Avec ça, on ne va pas très loin, plaisanta-t-il.

— J'ai aussi un compte d'épargne. Peut-être trente mille euros, je ne sais plus très bien.

— C'est déjà mieux ! Alors, on va attendre demain, et tu rentreras chez toi.

— Mais pourquoi ? Je veux rester avec toi !

— Écoute, petite fille, c'est moi qui décide ce qu'on doit faire parce que je suis en danger. Ce soir, les banques sont fermées. Demain matin, on ira chercher l'argent et je m'occuperai des faux papiers. Pour ne pas attirer l'attention des policiers, tu retourneras chez toi et tu feras bonne figure à ton père. Il ne doit se douter de rien. Dès que j'aurai les faux papiers, je viendrai te chercher.

Sonia n'insista pas. Guyla avait toujours raison. Sa manière de parler rendait ses propos incontestables et pour vivre avec lui elle acceptait tous les sacrifices. Le soir, comme elle avait un peu d'argent, ils allèrent dîner dans un bon restaurant. Guyla se montra enjoué et heureux. Sonia était aux anges. Puis ils rentrèrent à pied dans leur galetas et firent encore l'amour sur le matelas. Guyla étala les couvertures.

— On va passer la nuit ici, ce sera très bien ! dit-il.

Guyla sombra aussitôt dans un profond sommeil. Sonia

gardait les yeux ouverts. L'odeur de la literie l'irritait, la poussière lui piquait les narines. Elle se sentait sale, repoussante, et tout au fond d'elle, le vague sentiment d'être tombée très bas la taraudait. Elle finit cependant par s'endormir et se réveilla au petit matin, fatiguée, mais heureuse de contempler à la lumière du jour le beau visage de son amant assoupi.

Le jeune homme se redressa sur les coudes, comme si Sonia n'existait pas puis alla à la fenêtre.

— Bon, il faut se préparer au plus vite. Tu vas passer à ta banque dès l'ouverture.

Sonia s'habilla rapidement. Une bonne douche lui manquait. Guyla s'en aperçut et lui lança sur un ton acerbe :

— Tu comprends que les bourgeois ne peuvent pas se passer de leur petit confort.

Elle ne répondit pas. Guyla finit de se préparer.

— On y va !

Sonia hésitait. Comment sortir ainsi, sans avoir fait sa toilette, sans sa douche, sans son habituel maquillage et avec des cheveux coiffés à la va-vite ? Elle mit le pied dehors avec le sentiment d'être repoussante.

En passant devant un bar, elle demanda :

— Si nous allions boire un café et manger un croissant ?

— Pas le temps. Il est neuf heures.

Ils prirent la direction de la BNP où Sonia avait placé son argent. Guyla marchait vite. À quelques pas de la banque, il s'arrêta :

— Tu vas y aller seule. Moi, je t'attends ici. Il faut du liquide.

La jeune fille eut soudain un doute. N'était-elle pas en train de faire une grosse bêtise, de se voler elle-même ? Non, c'était le prix à payer pour garder l'élu de son cœur. Elle entra d'un pas décidé et s'adressa au guichet qui venait d'ouvrir.

L'opération de retrait prit un peu de temps. Sonia avait du mal à cacher son trouble. L'impression d'être en train de commettre un forfait la faisait hésiter avant de répondre aux questions que lui posait l'employée.

Enfin, la banquière recompta devant elle les trente mille euros en gros billets et lui demanda :

— C'est risqué de partir avec une telle somme. Vous voulez qu'on vous fasse accompagner ?

— Non, j'ai un ami qui m'attend dans la rue.

L'attitude de Sonia intrigua l'employée qui la suivit discrètement jusqu'à la porte et la voyant remettre l'enveloppe à un jeune homme, s'empressa d'appeler le commissariat de police.

Sonia et Guyla s'éloignèrent dans les ruelles.

— Voilà tout ce que j'ai, dit-elle. J'espère que ce sera suffisant.

— Je vais me débrouiller, toi, tu vas rentrer chez toi. Je vais m'occuper des faux papiers. Cela ne prendra pas beaucoup de temps. Je te téléphonerai dès que je serai prêt.

Sonia regagna sa voiture avec le sentiment tenace de s'être laissée abuser. Elle retourna à Lembras en proie à une profonde tristesse. En longeant la forêt de Lunet, près du sentier qui bordait la rivière, elle remarqua le 4 × 4 de son père discrètement garé sous les chênes. Était-il en train de la chercher ? La jeune fille abandonna son véhicule un peu plus loin et marcha en direction de la maison des Coulomier. Dans la prairie voisine où les Romanichels avaient construit des baraquements provisoires, hommes et femmes étaient rassemblés près de deux fourgons de gendarmerie. Alors, Sonia se dit qu'elle avait eu raison de donner son argent à Guyla.

Elle s'approcha de la maison. Son père était là, dans la cour en face d'Henri et Mélina. Tout à coup, le docteur poussa un juron et s'écria :

— Ce n'est pas vous qui promulguez les lois. Moi, je ne fais que mon devoir !

— Vous êtes un monstre, rétorqua Mélina d'une voix aigre que Sonia ne lui connaissait pas. Vous appliquez la loi sans vous préoccuper de ses conséquences humaines. Mais n'oubliez pas, monsieur Modalès, vous le paierez très cher, c'est certain.

— Qu'insinuez-vous ? Personne ne peut me reprocher quoi que ce soit.

— Personne ? Vous savez comme moi que ce n'est pas vrai ! s'emporta Henri Coulomier. Moi aussi, j'ai mes renseignements.

Henri Coulomier se plaça devant sa femme. Il était plus petit que le docteur, dont il avait la silhouette épaisse. Ses longs cheveux gris attachés en queue-de-cheval ajoutaient un peu de fantaisie face à un Modalès toujours strict.

— Oui, le lotissement de la Cerisaie, cela ne vous dit rien, peut-être ? reprit-il en bégayant légèrement. Six hectares de terres supposées non constructibles au moment de la transaction avec la vieille Marie Chantedal dont on sait qu'elle n'a plus toute sa tête. Achetées, c'est le cas de le dire, une poignée de cerises, par la société immobilière S.C. Promotion…

— Tout a été fait dans les règles.

— Bien sûr, sauf que le patron de S.C. Promotion, M. Ventuart, est votre grand ami. Le seul rachat par la commune de l'emplacement du futur village de vacances a rapporté près d'un million de francs à ce monsieur. Si vous voulez, on peut parler aussi de l'appel d'offre tronqué et des bizarreries qui ont touché ce marché public !

L'estocade fit mouche et le docteur recula d'un pas, blême de colère. À Lembras, tout le monde savait que Modalès n'hésitait pas à se servir de ses poings quand il n'avait pas d'autres arguments. Ce caractère frondeur plaisait aux gens d'ici qui n'aimaient pas les mollassons. Enfin, le maire répliqua d'une voix tremblante de rage :

— Vous suggérez que j'ai été intéressé, que j'ai reçu des pots-de-vin, c'est bien cela ? Si nous parlions de vos propres affaires dans le Nord ? Mais je préfère m'abstenir. Je n'aime pas tremper mes mains dans la boue.

Il s'éloigna à grands pas parce qu'il n'avait d'autre défense que la fuite. Sonia le vit monter dans sa voiture et démarrer vivement. La jeune fille retourna à son véhicule. Ce qu'elle avait entendu lui rappelait certaines conversations téléphoniques surprises dans le cabinet médical, des allusions qui prenaient tout à coup un sens pernicieux.

Septembre 2012.

Sonia reçoit ses premiers patients sans entrain. À midi, elle refuse de sortir déjeuner avec Stéphanie. Parler lui ferait pourtant du bien, mais la vue des autres l'insupporte. Vers quinze heures, elle se sent incapable de reprendre son travail et demande à sa secrétaire d'annuler ses rendez-vous de l'après-midi.

— Retourne donc te reposer chez moi, propose Stéphanie. Je ne rentrerai pas tard, on se fera une petite dînette entre femmes. Et on bavardera.

Dans l'appartement de son amie, la vieille chienne lève distraitement la tête de son coussin et s'endort de nouveau. Une pensée hante Sonia : son père serait-il à Paris ? Guyla lui a donné une piste, pourquoi ne pas la suivre ? Maintenant que François n'est plus près d'elle, Sonia mesure combien son mari savait orienter ses décisions et combien, sans lui, elle est perdue. Le besoin d'entendre sa voix est impérieux, elle l'appelle.

— Qu'est-ce que tu me veux encore ? Je n'ai plus rien à te dire et je ne veux plus t'entendre.

— Moi si. Sans toi, je n'existe plus.

— Fallait y penser avant !

— Avant quoi ? s'emporte Sonia, exaspérée.

— Je suis sûr que tu as couché avec ton minable, hurle François. J'en ai la preuve !

— Non, tu n'en as aucune parce que ce n'est pas vrai !

— Il me l'a dit lui-même !

François coupe la communication. Sonia reste un long moment, immobile, le téléphone collé à l'oreille. La voix haineuse de son mari n'en finit pas de résonner en elle. Pourquoi lui a-t-il parlé ainsi ? Aurait-il rencontré Guyla ?

Stéphanie arrive plus tôt que prévu. Elle a branché le téléphone du cabinet sur son portable et pourra, de chez elle, répondre aux patients ou aux demandes de rendez-vous.

— J'ai mis un petit mot sur la porte du cabinet expliquant que tu étais souffrante et que tu reprendrais tes consultations à partir de lundi.

— Tu as bien fait. Mais lundi, je n'irai pas mieux qu'aujourd'hui, se plaint Sonia.

Stéphanie est plus âgée que Sonia, différence qui donne à la secrétaire une autorité de grande sœur vis-à-vis de sa patronne. Depuis son divorce, Stéphanie mène une vie libre, fréquentant ses amis, voyageant beaucoup. Sonia ne l'a jamais enviée, elle qui devait rester à sa place au château des Dorliac. Son bonheur était là, même si elle avait besoin de respirer, de s'échapper parfois du domaine loin de l'atmosphère pesante entretenue par Jeanne et Paul Dorliac.

— François est sous le coup de la colère, tempère Stéphanie. Il va vite comprendre que tu lui dis la vérité.

— J'en doute.

Stéphanie caresse distraitement son vieux chien. L'animal la regarde de ses grands yeux larmoyants, pleins de tendresse.

— Courage ! Il faut que tu ailles jusqu'au bout. Tu ne peux plus faire marche arrière.

— J'ai cru que le passé pouvait s'oublier. Je ne pensais qu'à moi : j'étais si heureuse. Tu comprends, j'ai fait mes études sans l'aide de personne. L'argent que mes parents m'ont laissé à la vente de la maison était insuffisant. J'ai dû travailler, gagner durement mon diplôme. Avec François, c'était une nouvelle vie qui effaçait la précédente. Il me semblait que je n'avais aucune dette envers personne. Et puis le retour de Guyla m'a mis en face d'une réalité intolérable, un pieu planté dans le ventre, qui me torture...

— Pour l'instant, tu n'y peux rien. Mais laisse passer un peu de temps, laisse se calmer les esprits. Et surtout refuse le divorce.

C'est pour entendre de telles paroles que Sonia a accepté l'invitation de Stéphanie. La secrétaire sait trouver les mots justes.

— J'ai envie de téléphoner aux filles pour leur dire combien je les aime !

— Et tu crois que François va les laisser te parler ? Non, il faut que tu règles tes propres problèmes en premier. Et ce salopard de violoniste, quoi que tu fasses, te tient !

— C'est vrai, je suis obligée de revenir vers lui parce qu'il sait des choses qui vont me permettre d'avancer.

Depuis son divorce, Stéphanie a trouvé un équilibre nouveau, consciente que son mariage avait été une erreur et qu'elle n'était pas faite pour la vie en couple. Très discrète sur ses fréquentations, Sonia ne sait que peu de choses d'elle, ce qui n'empêche pas une franche confiance et une amitié sincère entre les deux femmes.

— Est-ce que tu me crois quand je dis que je n'ai pas couché avec lui ? demande tout à coup Sonia.

— Franchement, cela n'a d'importance que pour toi et pour l'amour que tu portes à ton mari. Ce que tu as fait n'a pas eu de témoins. Et tu peux dire ce que tu veux, personne n'est obligé de te croire. Je te répète, laisse passer un peu de temps...

— Guyla m'a dit que mon père se trouvait à Paris. Il m'a même indiqué un restaurant où on avait de ses nouvelles.

Stéphanie est assez grande, mince, jolie femme. Ses cheveux de jais tombent sur ses épaules et mettent en valeur la couleur claire de son visage et de ses yeux. Elle semble si forte ! Sonia la regarde ouvrir un placard dans le coin cuisine, inspecter les provisions dans le réfrigérateur.

— Je n'ai pas grand-chose, mais on va se débrouiller. On ouvrira le canapé, tu y dormiras très bien à moins que tu ne préfères mon lit, ça m'est égal. Tu dis que ton père serait à Paris ?

— Oui, répète Sonia. Mais rien n'est moins sûr.

— Pourquoi n'irais-tu pas le chercher ?

— Pourquoi ? Mais Paris est immense et puis je ne suis sûre de rien ! Et puis...

Au dîner, François explique aux filles que leur mère est partie pour de bon, qu'elles ne la reverront que de temps en temps et qu'ils devront apprendre à vivre sans elle. Caroline qui a compris demande :

— Vous allez divorcer ?

— Ce n'est pas une question que pose une petite fille de ton âge.

— J'aime pas, insiste Caroline. Dans ma classe, il y a beaucoup de garçons et de filles dont les parents sont séparés et qui ont deux maisons. C'est pas bien.

Marine restée silencieuse jusque-là écoute en ouvrant de grands yeux comme si elle ne saisissait pas tout :

— Je veux maman ! s'exclame-t-elle.

François la prend dans ses bras et l'embrasse avec effusion.

— Je veux que maman revienne, répète Marine, et tout de suite.

— Arrête de faire le bébé, s'emporte Caroline en jetant un regard méchant à sa sœur.

— Eh bien puisque c'est comme ça, moi, je vais partir avec ma maman !

Une fois au lit, les fillettes mettent longtemps avant de s'endormir. La petite Marine n'a pas voulu rester seule et s'est couchée dans un lit de camp près de sa sœur. Elles ne cessent de parler, François doit se fâcher plusieurs fois.

Quand elles s'endorment enfin, seul dans la salle de séjour dont le silence sonne dans sa tête comme un glas, François est désemparé.

Il passe à la cuisine, appelle discrètement sa mère qui doit avoir des nouvelles de Paul. Le besoin de parler à quelqu'un le pousse à faire durer la conversation. Son père sortira probablement dans deux ou trois jours, mais le médecin souhaite l'envoyer en maison de repos pour qu'il ne se fatigue pas excessivement chez lui en période de vendanges.

— Et toi ? demande Jeanne Dorliac, as-tu commencé les démarches pour clarifier ta situation ?

François sursaute, blessé. Cette fois, il ne tergiverse pas :

— Ma situation ne regarde que moi. Votre attitude est inqualifiable ! Je ne supporterai plus d'être traité comme un petit garçon à qui l'on dicte sa conduite !

— Mais, François, pourquoi t'énerves-tu de la sorte ? Ce que nous voulons, ton père et moi, c'est que tu sois heureux !

— Sache que je ne le serai jamais sans Sonia. Maintenant, tu ne me parles plus jamais de ça avant la fin des vendanges, sinon, je fous le camp !

Après avoir remis son téléphone dans sa poche, François allume la télévision en baissant le son, mais très vite, les images l'exaspèrent. L'envie de pleurer lui noue la gorge.

Il prend les clés de sa voiture, sort sans bruit. La fraîcheur de la nuit le surprend. Une lumière est allumée chez ses parents. Il monte dans son véhicule, passe le portail toujours ouvert et file en direction de la ville sans penser un instant qu'il a laissé seules ses filles. La clarté des lampadaires et le scintillement des publicités lui font des signes, l'invitent à se mêler à la foule, à entrer dans un bar et commander de l'alcool très fort, mais il redoute le regard moqueur des autres. Il roule au hasard jusqu'au parking face au cabinet de Sonia, s'arrête un instant. « Voilà le cocu ! » grogne-t-il en grimaçant.

Il s'apprête à repartir quand il remarque une petite Peugeot. Sonia ? Il lit l'immatriculation pour être sûre de ne pas se tromper. C'est bien elle. Que fait-elle ici ? Sonia est certainement montée avec son amant dans une autre voiture, c'est la seule explication ! Il voit, dans la présence de la 308 bleue de sa femme, une preuve supplémentaire de sa trahison. Oui, il les tuera tous les deux !

Il retourne au château. La lumière est éteinte dans la grande bâtisse. Une fois chez lui, il découvre Caroline et Marine, serrées l'une contre l'autre sur le canapé, qui le regardent de leurs yeux rougis pleins de larmes.

— Mes chéries ! s'écrit-il en les prenant dans ses bras.

Elles se blottissent contre leur père qui sent les tremblements des deux petits corps.

— Il faut dormir, murmure-t-il très doucement. Demain vous avez école. Je suis parti chercher du lait pour demain matin.

— Du lait à cette heure ? s'étonne Caroline. Tous les magasins sont fermés.

— Non, le 8 à Huit au bout de la rue reste ouvert jusqu'à 22 heures.

Septembre 1998.

Sonia avait désobéi à Guyla. Elle n'était pas rentrée chez ses parents comme il le lui avait demandé et logeait chez une copine de faculté en attendant qu'il lui fasse signe de la rejoindre. Un matin, excédée par son silence, elle se rendit à Lembras, laissa son véhicule en bordure du bois de Lunet avec l'intention d'aller voir ce qui se passait au campement des Tziganes. Elle marchait sur le sentier quand elle vit le 4 × 4 de son père s'arrêter près du pont. Elle se cacha derrière le tronc d'un chêne et aperçut le docteur Modalès qui longeait le ruisseau. Intriguée et surtout soucieuse de ne pas se montrer à cet endroit, Sonia sortit de sa cachette pour regagner sa voiture quand deux coups de pistolet retentirent. Alors, le docteur Modalès passa précipitamment près d'elle sans la voir, courut jusqu'à la route et démarra en trombe. Interloquée, elle n'entendit pas Guyla sortir d'un fourré et s'approcher.

— Tu as entendu ? demanda-t-il d'une voix bizarre.

— Mais qu'est-ce que tu fais là ? Je croyais que…

— Les papiers vont bientôt arriver, expliqua le jeune homme. J'avais oublié mon violon, alors je suis revenu.

Elle fit oui de la tête, pourtant au regard de Guyla, elle eut la certitude qu'il lui mentait.

— Viens.

Il lui prit la main et l'emmena jusqu'à la maison. Devant la porte, allongés sur les dalles du sol, Henri et Mélina Coulomier gisaient dans une mare de sang. Horrifiée, Sonia recula, Guyla la retint.

— Laisse-moi, je veux partir !

Impassible, il contempla longuement les deux corps aux yeux ouverts, puis s'éloigna en tirant Sonia qui tremblait de tous ses membres et peinait à marcher. Quand ils furent à l'écart dans les buissons, elle se blottit contre lui.

— Qu'est-ce qui s'est passé ? demanda-t-elle. Mon père...

— Oui, ton père était là quand les deux coups de feu ont retenti. Attends-moi à Bergerac cet après-midi, dans notre chambre.

Un fourgon de police, sirène hurlante, pila dans la cour des Coulomier. Affolée, Sonia s'enfuit dans le sentier. Après le pont, elle vit briller un objet sur les feuilles mortes. C'était une petite broche, un pin's, qu'elle glissa dans sa poche.

Deux policiers l'arrêtèrent quand elle rejoignit sa voiture et lui demandèrent ce qu'elle faisait là. Incapable de prononcer un mot, elle éclata en sanglots. Ils la prièrent de les suivre.

Plusieurs voitures qu'elle ne connaissait pas étaient garées dans la cour chez ses parents. Encadrée par les deux policiers, la jeune fille monta l'escalier et se trouva en face d'un homme de petite taille, maigrichon et vif. Des inconnus portant un brassard rouge allaient et venaient d'une pièce à l'autre, ouvraient des tiroirs, éparpillaient des piles de vêtements. Angélique, assise dans le salon, semblait étrangère à ce qui se passait. Sonia la questionna du regard.

— C'est impossible, sanglota la femme, effondrée.

Le petit homme au blouson de laine grise s'approcha de la jeune fille.

— Mademoiselle Modalès ?

— Nous l'avons trouvée dans le bois, tout près du lieu du drame ! dit un des inspecteurs qui l'avaient ramenée.

— Mademoiselle Modalès, je suis le commissaire Blénin, je vais vous demander de me suivre au commissariat de Bergerac.

— Mais pourquoi ? Qu'est-ce que vous lui voulez ? demanda Angélique.

— C'est un témoin important ! lui répondit le commissaire.

Au commissariat, Sonia vit d'abord son père dans un bureau aux cloisons vitrées, assis en face d'un homme très brun qui feuilletait machinalement son agenda. Le docteur lui jeta un regard accablé. L'homme infaillible, celui qui commandait les pelleteuses pour détruire les baraquements des Tziganes était devenu ordinaire ; le maire de Lembras baissait la tête en face d'un simple fonctionnaire. Les rides creusaient son visage ; sa cravate de travers, sa veste au col froissé modifiaient sa silhouette. On aurait dit Pierre Mundelet, le jardinier boiteux, qui venait entretenir les massifs autour de la maison du docteur.

— Venez, ordonna le commissaire à Sonia.

Elle traversa la vaste salle où des inspecteurs pianotaient sur des claviers d'ordinateurs, téléphonaient, s'interpellaient d'un bureau à l'autre. Blénin fit entrer Sonia dans une petite pièce, lui montra une chaise, ferma la porte, s'assit à son tour et dit :

— Vous étiez donc tout près de la maison des Coulomier, commença-t-il. Que faisiez-vous là-bas ?

— J'avais envie de marcher. J'aime beaucoup la petite forêt de Lunet et le sentier près du ruisseau, répondit Sonia qui avait retrouvé son aplomb.

— Vous ne pouvez pas ne pas avoir entendu les coups de feu…

— Je les ai entendus.

— Bien, poursuivit le commissaire. On a également aperçu, près de la forêt, sur la route départementale, la voiture de votre père. À votre avis, que faisait-il là ?

— Je n'en sais rien, répliqua Sonia agacée par la voix aiguë de son interlocuteur. Il n'avait pas l'habitude de me donner son emploi du temps. Et puis, il pouvait visiter un patient…

— Certes. Est-ce que vous l'avez croisé ?

Sonia hésita, ce qui n'échappa pas au regard vif du commissaire. Elle s'était trahie avant de répondre :

— Oui, je l'ai vu.

— Que faisait-il ?

Nouvelle hésitation ; l'homme se gratta le menton du bout de l'index.

— Il se tenait debout à côté de sa voiture…

Sonia aurait pu mentir, affirmer que son père était descendu de son 4 × 4 pour vérifier l'état des pneus et repartir. Pourtant, l'image du maire inflexible, toujours dans son bon droit, la poussait à dire la vérité.

— Il était debout à côté de son véhicule, d'accord, mais ensuite, qu'a-t-il fait ?

Sonia inspira profondément et dit :

— Il est parti dans le sentier en direction de la maison des Coulomier.

— Est-il entré dans la maison ?

— Je n'en sais rien. De l'endroit où j'étais, je ne voyais ni la cour ni la porte.

— Et c'est à ce moment-là que vous avez entendu les coups de feu ?

Elle acquiesça d'un hochement de tête.

— Ensuite, qu'avez-vous vu ?

— Mon père…

— Comment était-il ? Cela ne vous a pas semblé étrange qu'un médecin fuie le lieu d'un drame où l'on a tiré deux coups de feu et où il peut y avoir des blessés ?

— Je n'y ai pas pensé, avoua Sonia. Je l'ai vu qui marchait très vite dans le chemin en regardant autour de lui.

— Comme s'il redoutait qu'on le voie !

— Je ne sais pas.

Le commissaire se leva et alla chercher une feuille à l'imprimante située à l'autre bout de son bureau où se trouvait une secrétaire tellement discrète que Sonia ne l'avait pas remarquée.

— Relisez et signez si vous êtes d'accord.

Elle n'avait pas la force de relire sa déposition et la signa pour s'en débarrasser.

Le commissaire la raccompagna jusqu'à la porte et demanda à l'un de ses inspecteurs de la ramener à Lembras. Elle refusa, préférant se débrouiller seule.

Une fois dans la rue, la jeune fille eut le sentiment que sa vie venait de basculer, qu'elle était devenue quelqu'un d'autre. Elle retrouva l'immeuble vétuste où elle avait passé la nuit avec Guyla, et monta jusqu'à la chambre. Une forte odeur de literie sale régnait dans cette pièce si petite que le matelas occupait toute la place. Sonia tenta d'ouvrir la fenêtre que le bois gonflé par l'humidité coinçait. Tout à coup, l'ami de Guyla fit irruption. Il était très grand, très brun avec un mauvais regard.

— Qu'est-ce que tu fais là ? demanda-t-il avec un accent étranger.

— Guyla m'a demandé de l'attendre ici !

— Et tu oses dire ça, toi qui l'as jeté entre les mains de la police ? Fous le camp avant que je ne m'énerve !

— Mais quoi ? se défendit Sonia, bien décidée à lui tenir tête, je n'ai pas remis Guyla à la police. Je l'ai vu ce matin même à Lembras !

— Il vient d'être arrêté et emmené en garde à vue

alors qu'il faisait du stop pour te rejoindre. Et c'est de ta faute ! À cause de l'argent que tu lui as donné. Quelqu'un a averti les flics. Maintenant, file.

Il la poussa rudement dans l'escalier.

— Ne remets jamais les pieds ici !

Elle ne comprenait pas pourquoi Guyla avait été arrêté à cause de son argent. Elle eut envie d'aller protester auprès de la police, puis pensant à son père, renonça. Elle devait récupérer sa voiture et attendit le car qui faisait la navette deux fois par jour entre Bergerac et les villages voisins. En rassemblant la monnaie de son sac et de ses poches, elle eut de quoi payer son billet de retour. Elle monta dans le véhicule où se trouvaient des personnes âgées, surtout des femmes. Fuyant leurs regards insistants, la jeune fille se recroquevilla sur son siège et attendit.

L'arrêt à Lembras se situait juste en face de la propriété du docteur Modalès devant laquelle s'entassaient les curieux. Sonia hésita à entrer dans la maison, puis se décida. Angélique, assise à la même place sur un fauteuil de coin dans le salon, lui lança un regard désespéré.

— Tu te rends compte de ce que tu as fait ?

Surprise, Sonia s'étonna :

— Mais quoi ?

— Je sais ce que tu as raconté, le commissaire me l'a dit au téléphone !

— Mais j'ai dit la vérité. Papa avait sûrement une bonne raison d'être là où je l'ai vu. Le malentendu va très vite être dissipé.

— Non, ton père est accusé du crime ! Comprends-tu comme c'est grave ? Lui qui a consacré sa vie à soigner les autres !

— Mais je n'y suis pour rien !

— Si, tu lui en veux d'avoir contrarié tes amours avec ton bohémien, alors tu as voulu t'en débarrasser ! cria

Angélique en se jetant sur sa fille et la martelant de ses poings. File, je ne veux plus jamais te voir !

Elle la poussa vers la porte qu'elle claqua. Sonia fondit en larmes. Elle regagna sa voiture et roula au hasard des petites routes, dans une campagne où les premières couleurs de l'automne incendiaient les sycomores et les hêtres. Le soleil descendait à l'horizon, il faisait frais. Sonia qui n'avait pas envie de retourner chez son amie qui l'avait hébergée à Bordeaux, s'arrêta au bord d'un bosquet, réfléchit un long moment, puis, décidée, revint vers Lembras. À l'entrée du village, près de la clinique vétérinaire du docteur Genas, ami de son père, elle hésita un long moment avant de sonner. Inès ouvrit la porte.

— Ah, c'est toi !

Inès et Lola n'ignoraient rien du drame qui touchait leur amie : l'arrestation du docteur Modalès avait fait le bruit d'une bombe.

Sonia entra dans la superbe maison du vétérinaire. Les jumelles étaient seules, leurs parents travaillant très tard à la clinique. Elles accueillirent Sonia avec empressement. Lola la prit dans ses bras.

— Tout va s'arranger, puisque ton père est innocent. Ce n'est qu'un mauvais moment à passer.

— Mon père est incapable d'un acte aussi odieux, répliqua Sonia. Pourtant, tout l'accuse.

— Mais non, ce n'est pas possible.

— Ma mère m'a fichue à la porte. Je ne sais pas où aller...

— Tu peux rester là, dit Inès, il y a une chambre libre pour toi et mes parents seront d'accord. Ta mère t'aime et regrette sûrement déjà ce qu'elle a dit.

SECONDE PARTIE

LE CLOCHARD DE MONTPARNASSE

Septembre 2012.

Sonia a arrêté sa voiture dans une rue voisine de l'école des filles pour que personne ne la remarque. Elle reste en retrait des autres parents qui attendent leurs enfants devant le portail. François arrive du parking et marche la tête basse, les mains dans les poches. Sonia prend le temps de le regarder attentivement. À quoi pense-t-il ? S'il n'y avait pas foule devant le portail fermé, elle l'appellerait et irait se jeter dans ses bras.

La sonnerie annonce la fin des classes ; les élèves accourent vers leurs parents. Sonia assiste à cette scène ordinaire dont elle est exclue. Au milieu des autres, elle voit Caroline et Marine marcher en se donnant la main. Cette attitude touche la jeune femme qui s'avance vers ses filles. Marine l'aperçoit.

— Maman !

Elles se précipitent vers leur mère, dépassant sans le voir leur père qui s'est approché.

— Maman, tu reviens avec nous ? demande Marine. Dis, tu reviens ?

Caroline ne dit pas un mot, mais son regard suppliant montre qu'elle pense la même chose que sa petite sœur.

— Je t'aime, ma maman.

Le fillettes s'agrippent à leur mère qui ne peut pas retenir ses larmes. François a assisté à la scène de loin et s'approche, le visage fermé, sévère.

— Caroline et Marine, venez, nous partons.

Il les prend toutes les deux par le bras et veut les emmener, mais elles résistent, s'accrochent à Sonia qui ne fait rien pour s'en détacher.

— Allons, nous avons perdu assez de temps ! s'emporte François.

— Non, crie Marine de sa petite voix fluette qui perce le brouhaha ambiant. On reste avec maman !

— Pas question !

Il arrache Marine et s'éloigne en tenant fermement le bras de ses filles en pleurs.

— Arrêtez de vous donner en spectacle, gronde encore François, puis se tournant vers Sonia, il crie : Je t'interdis de t'approcher d'elles !

— Ce n'est pas toi qui m'en empêcheras, réplique vivement la jeune femme.

François pousse Marine dans sa voiture. Caroline, plus raisonnable, monte seule en retenant ses sanglots. Il claque la portière et démarre sous les regards des parents d'élèves. Tous connaissent l'héritier de la maison Dorliac et constatent avec ravissement que les difficultés familiales n'épargnent pas les plus riches.

Sonia reste un long moment perdue, désespérée. L'injustice de François la blesse profondément. Quelle est sa faute, si ce n'est d'être partie en pleine nuit sans l'avertir ?

Elle retourne à son cabinet. Stéphanie tente de la réconforter.

— Viens, on va prendre un café, lui propose-t-elle.

Sonia se laisse emmener dans le bistrot voisin. Elle s'assoit en face de son amie avec l'impression que sa place n'est pas là. Elle sent encore les mains de Marine s'agripper à sa veste et son petit visage se presser contre sa poitrine. Elle ne peut détacher ses pensées de l'attitude sombre et grave de Caroline.

— Je n'en peux plus, murmure-t-elle.

Stéphanie pense à la difficile période de son propre divorce, et le poids de ce qu'elle et son mari ne se sont pas dit lui montre combien tout est compliqué. Les torts ne sont jamais d'un seul côté.

La journée se passe mieux que Sonia l'avait prévu. Le travail l'absorbe, et la repose. Elle fait plusieurs visites à domicile, ce qui la remet à sa place habituelle, celle d'un praticien. Pourtant, les larmes de ses filles lui font regretter de n'avoir pensé qu'à elle. Jusque-là, Caroline et Marine ont vécu très heureuses entre un père qui les gâtait et une mère qu'elles aimaient retrouver chaque soir.

Maintenant, elle ne peut plus tergiverser. Vers dix-huit heures, avant de recevoir sa dernière patiente, elle rejoint Stéphanie dans son bureau.

— Il me faut une semaine de congé, annonce-t-elle. Tu dirigeras les patients pressés vers mes collègues.

Sans rien ajouter, Sonia sort du cabinet, prend la direction de Libourne. Finalement, le plus dur a été de se décider. Son hésitation voilait son esprit, dissimulait ses intentions. Le regard suppliant de ses filles ne la quitte pas.

— Mes chéries ! murmure-t-elle en freinant au premier feu rouge. Je vous aime plus que tout ! Et c'est pour vous que je vais faire place nette.

Elle consulte l'heure. Guyla doit être à son hôtel, car il aime se reposer avant de jouer, prendre le temps de fumer en regardant la ville de sa fenêtre. À Libourne, la jeune femme gare sa voiture sur le parking de l'hôtel, passe à la réception sans jeter un seul regard à l'hôtesse. Une fois dans l'ascenseur, elle serre les dents : le succès de sa démarche dépend de son courage, de sa détermination. Dans son malheur, elle entrevoit une lueur d'espoir, une libération définitive, l'occasion à ne pas rater.

Elle frappe à la porte de Guyla.

— Entre, je t'attendais, lui dit-il.

Son assurance l'agace. Le musicien assis sur son fauteuil est en train de lire un magazine. Il ne tourne pas la tête quand Sonia s'approche de lui.

— J'ai vu ta voiture, explique-t-il toujours sans lever les yeux. Je savais que tu ne tarderais pas.

— Je voulais te poser une ou deux questions…

— Tu sais ce que tu m'as promis. Je ne dirai rien avant…

— Je ne t'ai rien promis, surtout pas de faire l'amour avec toi.

Il semble fléchir et demande en posant son magazine :

— Que veux-tu savoir ?

— Lors de l'assassinat des Coulomier, je t'ai trouvé dans le bosquet. Que faisais-tu là ?

— Je dirais que ça ne te regarde pas. Sache que je venais voir mes jeunes frères. Et puis les gendarmes m'ont mis la main dessus et ont trouvé une partie de l'argent que tu m'avais donné pour acheter un passeport. Comme je n'avais pas encore de papiers et qu'ils avaient deux ou trois bricoles à me reprocher, ils m'ont expulsé avec les autres.

— Je suis certaine que tu mens. Je me souviens de ton regard, j'ai eu la certitude que tu me cachais quelque chose. D'ailleurs, je ne vois pas pourquoi tu aurais pris ce sentier pour aller au campement.

— J'avais vu ta voiture et je savais que j'allais te trouver !

Guyla se lève lentement de son fauteuil, se dirige vers la commode sur laquelle est posé son étui à violon. Il l'ouvre, prend l'instrument, fait sonner les cordes du bout des doigts.

— Il n'y avait pas de raisons que les miens cherchent à sauver ton père. Il n'a pas été tendre avec nous. Ce n'était que justice !

— Peut-être, mais en ne disant rien, tu as précipité tout le monde dans le malheur. Moi et les miens.

— Ah bon ? Toi, tu as été détruite ? Tu as épousé un des plus riches viticulteurs de Saint-Émilion ! Ta mère vit très bien de son côté. Lui seul a payé et c'est justice.

Piquée, Sonia se plante en face de l'homme qui fait jouer ses doigts sur la touche de l'instrument.

— La vérité, c'est que tu as tout vu et que tu n'as rien dit aux policiers.

Il éclate de rire, s'approche de Sonia et veut l'attirer contre lui. Elle se raidit et s'échappe.

— D'abord la vérité sur ce crime odieux.

— Je ne vois pas pourquoi je te la dirais sans rien en échange. Tu m'as assez répété qu'il n'y avait plus rien entre nous !

Il est convaincu que Sonia l'aime encore, mais qu'elle n'ose pas s'affranchir de son état d'épouse fidèle, de mère dévouée. S'il réussit à la contraindre à faire l'amour une première fois, elle lui reviendra comme avant.

— Il faut que je le sache, insiste-t-elle. Mon père a été en effet très dur avec ta communauté, et je comprends que tu n'aies rien fait pour l'aider, mais pourquoi n'a-t-il pas cherché à se justifier lors du procès ? Il a seulement clamé son innocence alors que je semblais l'accuser !

— La vérité, la voici : le criminel était caché derrière le grand tilleul. Quand ton père est arrivé, les Coulomier sont sortis devant la porte. Les deux coups de feu les ont abattus. Ton père qui semblait être solide a eu peur. Et il s'est enfui. Sa lâcheté l'a perdu.

— Mais pourquoi était-il là ? Qui l'avait attiré ?

Guyla a un sourire énigmatique montrant qu'il n'a pas envie de révéler tout ce qu'il sait.

— Mais toi, tu connais le meurtrier, insiste Sonia. Je veux son nom. C'est le pistolet de mon père qui a été utilisé pour le crime, et ce pistolet lui a été volé dans la boîte à gants où il le gardait depuis son agression par des petits voyous de Bergerac.

— De là à supposer que c'est un des miens qui l'a dérobé, il n'y a qu'un pas que tu franchirais aisément !

— Je n'ai pas dit ça, réagit Sonia. Je veux savoir.

Elle prend son sac et se dirige vers la porte. Guyla veut l'arrêter :

— Où vas-tu ? J'ai besoin de toi. Reste, je t'en supplie.

— Non, je pars et je ne reviendrai jamais. Adieu.

Elle ferme la porte et s'éloigne dans le couloir en direction de l'ascenseur. Guyla ne cherche pas à la rattraper : il saura la faire revenir le moment venu.

En sortant de l'hôtel, Sonia se sent plus déterminée que jamais. Elle monte dans sa voiture, cherche dans son sac le petit agenda à couverture rouge qui ne la quitte jamais. Elle tourne les pages et s'arrête sur un numéro qu'elle compose. La sonnerie retentit plusieurs fois. Une voix qu'elle n'a pas oubliée lui répond.

— Maître Lesuet ? Bonjour, je ne sais pas si vous vous souvenez de moi, je suis Sonia Modalès…

Un silence indique la surprise de l'avocat qui s'étonne :

— Sonia ? Quel plaisir de vous entendre. J'ai appris que tout allait bien pour vous. Que vous aviez épousé un important viticulteur de Saint-Émilion…

— Oui. Il faudrait que je vous voie… C'est à propos de mon père…

Lors du procès en assises, Lesuet avait fait tout son possible pour tirer parti des faiblesses du dossier de l'accusation, mais les jurés ne l'avaient pas suivi. Ce retentissant échec reste aujourd'hui encore une tache sombre dans une carrière exemplaire.

— Passez à mon bureau, propose-t-il. Nous pourrons bavarder tranquillement. Je ne pars pas avant vingt et une heures...

— J'arrive !

Sonia prend la direction de Bordeaux. Une heure plus tard, elle est face à un immeuble cossu du centre-ville et s'annonce à l'interphone. La voix grave de Lesuet l'invite à entrer. La porte se déverrouille avec un déclic sec. Les bureaux sont vides. L'avocat, réputé pour être un bourreau de travail, est encore plongé dans ses dossiers. Il accueille Sonia avec un grand sourire. La jeune femme constate qu'il a beaucoup vieilli, ses cheveux dégagent un front haut et ridé. Une courte barbe blanche soigneusement taillée accentue la rougeur de son visage.

— Sonia, s'exclame-t-il en lui tendant la main, je suis heureux de vous revoir. Vous n'ignorez pas l'amitié qui me liait à votre père. Sa condamnation pèse en moi comme un boulet.

— Une condamnation rendue inévitable par des apparences défavorables, mais je suis certaine de son innocence. Un mensonge de ma part aurait pu servir la vérité.

— Vous avez dit ce que vous avez vu et vous avez eu raison, réplique Lesuet. Mentir se retourne toujours contre nous. Votre père a expliqué les raisons de sa venue chez les Coulomier : il avait été appelé par les Tziganes pour un jeune enfant malade. Quand il est passé dans la cour, Mélina et Henri sont sortis. Les coups sont partis à ce moment précis, preuve que le meurtrier, caché à proximité, attendait cet instant. Il l'avait même sûrement provoqué. Franck a paniqué car il savait qu'il serait le premier accusé. Pourtant, la reconstitution a bien montré que les coups venaient de la droite alors que votre père se trouvait en face. C'est cet argument dont je me suis servi pour maintenir le doute, mais les jurés n'ont vu en lui qu'un élu pourri qui avait profité de regrettables dessous-de-table dans une affaire immobilière et ont supposé qu'il mentait sur l'emplacement exact où il se tenait au moment du crime. Sans cet ADN inconnu, il serait encore en prison. Mais la nouvelle enquête n'a pas avancé et sa disparition arrange tout le monde.

Tout en parlant, Olivier Lesuet invite Sonia à le suivre dans son vaste bureau. Il lui présente un fauteuil et s'assoit près d'elle comme il le fait avec ses clients, une vieille habitude indispensable pour comprendre les justiciables et rester l'être humain sans qui l'avocat perd tout pouvoir de conviction. Il a beaucoup grossi et n'a plus la mobilité d'autrefois. Mais il compense cet handicap dans les prétoires par une voix puissante et un sens aigu des formules qui font mouche.

— J'ai retrouvé l'homme dont j'étais très amoureuse à l'époque, dit Sonia. Ce jour-là, je l'ai vu dans le bosquet. Selon lui, le meurtrier était caché derrière un arbre tout près de la cour.

Cette révélation ne semble pas étonner l'avocat. Il opine, mais ses pensées sont ailleurs.

— Depuis le temps, plus personne ne s'intéresse au double crime de Lembras. Le meurtrier ne risque plus rien et l'administration judiciaire a suffisamment de travail pour ne pas s'encombrer d'un dossier ancien...

— Ce n'est pas normal, s'emporte Sonia. Ces actes ne devraient pas être prescrits.

— Vous avez raison. Cependant, je veux bien essayer de relancer la procédure, mais pour cela il faut absolument retrouver Franck.

— Vous avez une idée de l'endroit où il pourrait être ?

— Non, après sa libération, il a refusé mon aide. Je l'ai fait chercher, mais il avait totalement disparu. Et la police s'en désintéressait.

— Le fameux ADN prélevé sur le pistolet de mon père est peut-être une piste, l'interrompit Sonia. Vous avez pensé à enquêter dans le Nord d'où étaient originaires les Coulomier ?

— Bien sûr, répond Lesuet, on a tout épluché : les comptes de l'entreprise Coulomier tenue par le fils du couple, les histoires particulières de Mme Coulomier, de son amant, mais on n'a rien trouvé.

— La cause du crime vient pourtant de là, j'en suis certaine.

— C'est ce que je pense, mais on n'a retenu que la haine de votre père pour Henri Coulomier. Ce qui n'a pas été possible voilà déjà quatorze ans ne le sera pas davantage aujourd'hui. Les témoins ont déménagé, d'autres sont morts ou ont acquis une notoriété qui les rend intouchables. Et puis, franchement, ce n'est plus d'actualité !

Sonia hésite. Apprendre ce qu'elle sait à Lesuet conduirait à des recherches systématiques dont elle serait exclue. Elle doit aller seule au bout de sa démarche. Retrouver son père reste sa priorité, et elle veut que le premier mot qu'il entendra d'elle soit : « Pardon. » Il comprendra et il acceptera de la suivre. Avec lui, ils feront triompher la vérité.

— Votre mère a eu beaucoup de mal à remonter la pente. Je me demande s'il est bien judicieux de rouvrir une plaie à peine cicatrisée.

Sonia se lève car elle ne se sent pas très à l'aise près de cet homme dont le regard fouille ses pensées. Il n'ignore sûrement rien de sa vie puisqu'il est resté en contact régulier avec Angélique. Elle refuse l'invitation à dîner de l'avocat et sort de l'immeuble avec une sensation de froid intense. C'est l'heure du bain des filles : Sonia remplissait la baignoire d'une eau tiède, Caroline et Marine y pataugeaient jusqu'à ce que l'eau soit presque froide…

L'envie de les entendre, de les voir la pousse à prendre la direction de Saint-Émilion. Son téléphone sonne, elle regarde le numéro : ce n'est pas François ! Elle porte l'appareil à son oreille.

— J'avais oublié, ce soir, c'est relâche. Je t'invite à dîner…

La voix de Guyla, cette voix autrefois si mélodieuse, lui donne la chair de poule. Pourtant Sonia hésite : dîner avec lui, les yeux dans les yeux, prendre le temps de le pousser aux confidences, lui faire croire qu'il va enfin atteindre son but… Il finirait peut-être par lui révéler le nom de l'assassin.

— Tu m'entends ? Dis quelque chose !

— Je ne dînerai pas avec toi ce soir, ni jamais. Je te l'ai dit, Guyla : c'est fini. Je ne veux plus te voir.

Elle arrive à Saint-Émilion, longe le coteau couvert de vignes appartenant au domaine Dorliac, s'arrête devant le portail. C'est la fête au château. La première soirée des vendanges est l'occasion d'un banquet. François, plutôt solitaire, n'aime pas ces réjouissances, pourtant il se doit d'y paraître et faire bonne figure…

Sonia griffonne quelques mots sur une feuille de son carnet et la glisse dans une enveloppe. Elle reste un instant debout, devant le portail espérant un miracle : si François, excédé par le bruit, les rires, les grivoiseries, avait l'idée de sortir prendre le frais ! Comme la cour reste désespérément vide à l'exception du va-et-vient des serveuses qui apportent les plats, elle rédige un court SMS : *Je suis devant le portail. Je t'attends.*

Les minutes passent. Plusieurs personnes sortent du chai pour fumer une cigarette dans la cour. Sonia se dit que François n'a pas entendu son portable sonner ; dépitée, elle remonte dans sa voiture et s'éloigne lentement.

François a mal partout. Comme s'il était grippé et fiévreux. Les vendanges ont commencé ce matin et il a dû surveiller les nouvelles recrues qui ne connaissaient pas le travail. Ce soir, la fraîcheur humide arrête tôt les équipes : les grappes doivent être cueillies bien sèches pour ne pas gâter la concentration en arômes. Au chai, plusieurs personnes expérimentées font un ultime tri dans la récolte de la journée qui défile sur un tapis roulant.

Ce premier jour s'est bien déroulé grâce à la compétence de Jean Franchet et Julien Bart, deux hommes de confiance à qui le domaine doit beaucoup. Pourtant, l'absence de Paul Dorliac est sensible. Sous son commandement, tout se faisait avec facilité. Paul connaît ses parcelles mieux que quiconque, rien ne lui échappait et ses décisions étaient toujours judicieuses. François hésite, change d'avis. Son manque d'assurance fait perdre du temps. Il s'en remet souvent à Franchet qui considère que certains choix ne relèvent pas de sa compétence.

À la tombée de la nuit, les vendangeurs se rassemblent dans la cour et bavardent en attendant le dîner du premier soir qui soude l'équipe où peu de gens se connaissent encore, et crée le lien indispensable entre le patron et les travailleurs venus de divers horizons. Le rendement des journées suivantes dépend en partie de cette soirée où l'on mange beaucoup et où l'on boit plus que d'habitude.

François n'a pas la tête à ces réjouissances. La pensée de ses filles s'agrippant à leur mère, refusant de la quitter le déchire, mais comment céder ? Le jeune homme lit sa honte de cocu dans les regards furtifs qui se posent sur lui et croit entendre les moqueries qui accompagnent les maris bernés.

Son téléphone sonne. Paul vient aux nouvelles et veut donner ses dernières recommandations. Le vieux viticulteur ne supporte plus d'être éloigné de son domaine au moment le plus important de l'année. Il s'informe sur le déroulement des opérations, veut connaître tous les détails. François explique qu'il a préféré commencer à vendanger les pinots gris de la parcelle proche de la rivière. Son père approuve :

— Tu as eu raison. Cette année ils étaient un peu en avance. Ça vient du soleil de septembre. Dans deux jours tu attaqueras la plaine. Garde les vieilles vignes pour la fin, ce sont les plus tardives à cause de leur exposition ouest…

— C'est ce que j'avais envisagé. On vient de terminer, Franchet s'occupe de la cuvaison.

— Très bien, fais attention que les employés ne boivent pas trop. Ils travaillent moins bien le lendemain. Et toi, tu dois être présent, tu entends…

En parlant ainsi, Paul Dorliac indique à François qu'il n'a pas droit à la moindre faiblesse. Il doit être à table avec les employés, c'est ainsi, et personne ne comprendrait qu'il s'en dispense. Paul insiste :

— La seule chose qui compte, c'est le domaine, la récolte qui s'annonce excellente. Le reste n'est que détails.

L'allusion révolte François. Bien sûr, Paul n'a eu d'autre amour que ses vignes. Sa femme était là pour l'épauler dans l'entreprise d'une vie, tout a été simple pour lui.

François souhaite une bonne nuit à son père, range lentement son téléphone dans sa poche. Les employés sont sortis des communs et attendent qu'on les invite à entrer dans le chai où a été dressée une longue table faite de madriers posés sur des tréteaux. Des nappes blanches recouvrent le bois brut ; les couverts, les verres sont disposés avec une rigueur militaire.

Jeanne Dorliac qui a présidé à la préparation du repas arrive avec les serveuses apportant le potage de mogettes, ces fèves qui ressemblent à des haricots blancs. C'est une tradition au domaine Dorliac perpétuée en hommage à une grand-mère vendéenne. Le moment est venu pour le patron de prononcer un discours de bienvenue.

— Parle-leur tout de suite, sinon la soupe sera froide, souffle Jeanne à l'oreille de son fils.

François se souvient des discours de son père, jamais très longs, mais pleins d'autorité et de passion. Paul a toujours su rassembler les hommes autour de la grande affaire de sa vie : son vignoble. Mais lui n'a pas son caractère exclusif. Il ne sait pas trouver les formules percutantes et ses ordres manquent de persuasion. Ce soir, ses pensées se brouillent. Près de sa mère, en face des vendangeurs dont certains sont très jeunes, il cherche ses mots et bredouille. L'absence de Sonia le rend pitoyable.

— Mes amis, commence-t-il sans conviction. Nous voici réunis une nouvelle fois pour les vendanges…

Les années précédentes, Franchet qui aime les traditions, remplissait de raisins une ancienne cuve en bois et demandait à Sonia de les fouler aux pieds. Ensuite, les autres jeunes femmes étaient invitées à se déchausser pour faire la même chose. Ce soir, François s'est opposé à ce qu'on recommence cette mascarade.

— La saison n'a pas été mauvaise et nous allons faire du bon travail. Je vous invite tous à prendre place autour de cette table pour le premier repas des vendanges.

Il se détourne montrant ainsi qu'il a terminé son discours. Les vendangeurs entrent dans le chai. Les anciens s'assoient ensemble, les autres se placent au hasard ou par affinités spontanées selon les premiers échanges de la journée. François prend la place du maître, centre de tous les regards et qui était jusque-là réservée à Paul. C'est lui qui va devoir lever son verre à la santé de tous. Ceux qui participent pour la première fois aux vendanges découvrent une coutume aussi vieille que la culture de la vigne : le fameux chabrol, propre au Sud-Ouest, qui consiste à vider du vin sur un restant de bouillon dans l'assiette chaude. C'est piquant et délicieux. Les cruches de vin passent de main en main, les éclats de voix remplissent la vaste pièce voûtée aussi sonore qu'une église.

En bout de table, François n'entend qu'un bruit confus. Son esprit est ailleurs ; il se revoit arrachant les filles à leur mère et se dit qu'il a eu tort. Caroline et Marine ne sont pas responsables de ce qui arrive, pourtant, elles en subissent les conséquences. En face des vendangeurs qui bavardent fort et rient aux éclats, il s'en veut de sa brutalité, bien que tout son être se révolte à la seule pensée que Sonia ait pu le trahir.

La sonnerie de son portable lui indique un SMS. Discrètement, il jette un coup d'œil à l'écran allumé. Sonia l'attend au portail ! La tentation de la rejoindre est si forte qu'il se lève, traverse précipitamment la salle sous les regards étonnés. Dans la cour, il croise sa mère qui vient s'assurer que tout se passe bien.

— Où vas-tu ? lui demande-t-elle. Ta présence est indispensable, tu le sais bien !

— Je voulais aller souhaiter bonne nuit aux filles !

— Tu l'as déjà fait. Elles vont très bien. Je leur ai parlé.

L'attitude de ses parents lui est de plus en plus insupportable. En quittant le domaine, Sonia l'a mis face à cette réalité trop longtemps occultée. Et il pense à un vieux projet abandonné après son mariage : quitter le domaine et aller vivre très loin d'un Paul Dorliac qui l'étouffe et d'une Jeanne qui ne cesse de lui dicter sa conduite... Les plats se succèdent. Les vendangeurs ont un solide appétit et les bonnes maisons se distinguent par la qualité de leur table. Les confits de canard, les pommes de terre cuites dans la graisse d'oie défilent sur la table et il en faut toujours plus. Les pichets de vin se vident, les serveuses ont pour consigne de les remplir : rien ne doit manquer lors de ce premier repas.

Mais il faut aussi penser à dormir. Vers vingt-trois heures, sur un ordre discret de Jeanne, les femmes oublient de rapporter du vin et commencent à desservir. Les habitués savent ce que cela signifie : au château Dorliac, on se couche de bonne heure pour être dispos le lendemain !

Ils se lèvent de table ; les plus jeunes ne sont pas pressés, mais ils n'osent pas rester seuls et ils suivent le mouvement.

— C'est le premier jour, leur dit Franchet sous forme d'avertissement, surtout ne brûlez pas toutes vos forces, vous allez encore en avoir besoin. Un conseil : allez dormir, demain beaucoup d'entre vous auront mal aux jambes et au dos !

François salue tout le monde, puis va chez sa mère embrasser ses filles endormies. Il rentre chez lui, dans sa grande maison déserte imprégnée de la présence de Sonia. Où est-elle ? Dans les bras de son étranger ? François voudrait les tuer tous les deux, mais en aurait-il le courage ? Son père lui a souvent reproché sa passivité : « Mets-toi en colère, nom de Dieu, c'est la seule manière d'être un homme ! » Un feu intense le brûle, l'envie de faire mal, de casser, de détruire. Il voudrait crier au monde l'injustice qui le frappe, mais le monde s'en fout.

Comment rester dans cette maison privée de son sens ? Dans la cour, des retardataires bavardent encore et rient aux éclats. François n'a pas la force d'aller les réprimander. Après tout, s'ils sont heureux, qu'ils en profitent !

Il sort du parc, s'arrête au portail. Sonia lassée de l'attendre est partie. Il marche sur la route qui s'enfonce dans les vignes. La lune éclaire les grands arbres d'une lueur bleutée. Son père avait raison : il aurait dû épouser Sophie Lamarnie, dont les vignes à Pomerol sont parmi les meilleures. Sophie ne lui plaisait pas, mais sa fortune en faisait un parti convenable. Et avec elle pas de risque d'un amour de jeunesse retrouvé !

Il grelotte. La fièvre le fait claquer des dents. À cette heure, il aimerait rencontrer quelqu'un, une femme perdue comme lui dans la nuit. Ils se regarderaient et se parleraient très doucement. La nuit est favorable aux confidences, mais ici, il n'y a que les employées et même si certaines sont superbes, comment les aborder ? Le patron ne peut pas se le permettre, d'ailleurs François ne pense qu'à une femme : Sonia. Il fait demi-tour, franchit le grand portail et rentre chez lui. Le voilà à nouveau en prison.

Il pousse la porte de sa chambre et s'allonge tout habillé sur le lit. Il doit dormir, c'est impératif pour avoir la tête claire demain matin. Pleurer le calmerait. La douleur qu'il ressent à la pensée de Sonia le met en face de son impossibilité de vivre sans elle. Il erre un moment dans les différentes pièces, la cuisine avec ses quatre chaises où la famille prenait le petit déjeuner, le salon où les filles regardaient la télévision, sa chambre où il dormait et faisait l'amour avec Sonia. Ici ou ailleurs, il sera toujours enfermé avec son désespoir. Il fouille dans le tiroir d'un placard bourré d'objets inutiles. Le pistolet de son grand-père n'a pas bougé. Il est là depuis la mort de Georges Dorliac il y a six ans emporté par une crise cardiaque. François se souvient de sa haute stature, sa tête massive aux cheveux blancs et son regard franc. C'est lui qui a fondé le château Dorliac. Pourquoi avait-il acheté ce pistolet dont il ne savait d'ailleurs pas se servir ? Ce soir, l'arme trouve son utilité : morte, Sonia ne pourra plus plaire aux hommes, ni faire l'amour avec d'autres. La mère de Caroline et Marine recouvrera sa pureté de bonne épouse. Mais lui, François ? Incapable de survivre à la femme trop aimée, il retournera l'arme contre sa tempe.

Il prend le pistolet dans ses mains, en éprouve le poids, vérifie le mécanisme et cherche des munitions. Il fouille plusieurs tiroirs avant de découvrir une boîte de biscuits alsaciens dans laquelle quelques balles se mêlent à des clous de toutes tailles et des pièces métalliques dont il a oublié la provenance. Il en saisit une, l'examine, puis une seconde et une troisième...

Finalement, il retourne s'allonger, et pour dormir, avale un somnifère. Toute la maison lui parle de l'absente : la robe de chambre posée sur la chaise, les chaussures dans l'entrée et, sur le lit, l'oreiller près du sien. François imagine Sonia dans les bras de l'étranger, Sonia qui fait l'amour, Sonia heureuse. Il pousse un cri de douleur, puis se force à penser au travail du lendemain. Enfin, il finit par sombrer dans un sommeil plein de cauchemars.

François sursaute ; la lumière entre à flots par la fenêtre dont il a oublié de fermer les volets. Il a dormi plusieurs heures. Les vendangeurs sont déjà partis dans les vignes. Il fait quelques pas, cherche à rassembler ses pensées. Les tiroirs ouverts du placard lui rappellent sa soirée d'homme perdu. Dans la cour, sa mère qui vient de conduire les filles à l'école, lui dit :

— Je n'ai pas voulu te réveiller. Ça te fait du bien de dormir. T'en fais pas, Franchet s'est occupé de tout...

Il a l'impression d'être inutile, que le domaine peut se

passer de lui. L'attitude protectrice de sa mère l'agace. Il s'apprête à répliquer quand Jeanne ajoute :

— On se débrouillera. Tu es encore jeune, tu peux refaire ta vie. Mais tu dois te ressaisir.

François pense à la proposition d'un riche propriétaire chilien qui cherchait un viticulteur bordelais pour diriger sa propriété. Le jeune homme venait de rencontrer Sonia et il avait refusé, conscient que ses parents et le domaine Dorliac ne pouvaient se passer de lui.

Il prend le chemin des vignes. Franchet le rassure : tout va bien. À son tour, le vigneron lui parle comme à un malade, lui conseillant d'aller se reposer. Le jeune homme prétexte des papiers urgents à remplir pour retourner au château. La secrétaire qui vient le matin a déposé le courrier sur le bureau de Paul. François parcourt les enveloppes quand l'une d'elles, sans timbre, le fige. C'est l'écriture de Sonia. Le cœur battant, il la prend entre ses mains, hésite à la jeter à la corbeille, puis se ravise, l'ouvre en retenant son souffle, comme si cette feuille allait changer radicalement sa vie.

François,

Je t'ai attendu au portail. Guyla t'a menti. Si tu ne peux pas l'admettre pour toi, n'inflige pas aux filles le poids de ce mensonge. Je pars pour Paris où mon père se trouverait. Je t'aime.

Il s'imagine qu'elle cherche à sauver les apparences, alors il froisse nerveusement la lettre puis décroche son téléphone.

— Allô, maître Fugard ? Je vous appelle pour une affaire personnelle, oui, c'est pour mon divorce.

Sonia roule en direction de Paris. Les lignes blanches de l'autoroute défilent ; la conduite lui procure une agréable sensation de quiétude. Elle est presque heureuse, consciente de se rendre à un rendez-vous attendu et sans lequel sa vie n'aurait plus de sens. La pensée de François et des filles est tout à coup apaisée, comme si elle les avait quittés le soir même pour se rendre à un stage de formation ou à un congrès médical.

À trois heures du matin, à la hauteur d'Orléans elle décide de faire une pause pour dormir un peu et ne pas entrer dans Paris en pleine nuit. Elle quitte l'A10 et prend une chambre dans un hôtel Formule 1 près de Saran. L'intérieur minuscule lui rappelle son passé d'étudiante pauvre. Elle pose son sac sur la petite table de bois blanc, se nettoie le visage et s'allonge sur le lit. Une odeur de tabac la gêne, elle ouvre la petite fenêtre. L'air frais l'apaise.

Elle finit par s'assoupir. Tout à coup, elle se redresse, l'esprit occupé par un rêve tenace : elle courait sur une plage en donnant la main à ses filles… Le jour blanchit les vitres de la petite fenêtre, il est temps de repartir.

Elle se prépare rapidement, boit un café et rejoint l'autoroute. Sonia connaît très mal Paris et laisse sa voiture dans un parking à l'entrée de la capitale. Elle se déplacera en métro ou en taxi, ce qui lui fera sûrement gagner beaucoup de temps.

Porte d'Orléans, la jeune femme se mêle à la foule pressée. Le bruit des voitures, les cris, l'odeur particulière de la ville la perturbent. Elle monte dans un taxi pour se rendre à la butte Montmartre. Sans un mot, le chauffeur renfrogné démarre et se mêle au flot de véhicules. Sonia mesure la déraison de son projet décidé sur un coup de tête. Comment espérer retrouver son père avec les seules indications de Guyla ?

Le taxi s'engage dans une suite de rues encombrées. Complètement perdue, la jeune femme regrette son initiative stérile et souhaite repartir au plus vite, fuir cette fourmilière et son atmosphère suffocante. Enfin, le taxi s'arrête en double file.

— Nous sommes au pied de la butte, annonce le conducteur. Je vous laisse là ?

— Très bien ! répond Sonia en cherchant de l'argent dans son sac.

Elle paie et se retrouve sur le trottoir proche d'un escalier qui monte vers un édifice éclatant qu'elle suppose être le Sacré-Cœur. Le bistrot des Tziganes doit se situer dans les parages. Elle cherche l'adresse sur Internet avec son mobile et se met à déambuler dans un enchevêtrement de ruelles…

Elle finit par trouver l'enseigne en lettres dorées : *L'Étoile filante*. Son cœur bondit. Voilà le lien avec son père ! Sonia voit dans ce coup de chance un signe favorable, l'aide du ciel. Elle hésite à franchir la porte ouverte, apeurée, le cœur battant. Ne va-t-elle pas découvrir une réalité inattendue qui risque de lui faire très mal ?

L'homme derrière le comptoir tourne vers elle son visage basané aux grosses moustaches grises. Elle s'installe à une table près de la porte et commande un thé à la menthe. Plusieurs personnes bavardent au comptoir sans la quitter des yeux. Ce n'est pas tous les jours qu'une bourgeoise s'arrête ici. Le bistrot est surtout le rendez-vous de la communauté tzigane du quartier.

Quand le garçon s'approche, Sonia cherche la manière de l'entreprendre. Doit-elle parler de Lembras ? De Guyla ? Finalement, elle choisit d'aller directement au but.

— Je suis de passage. Je viens du Sud-Ouest...

Le barman debout à côté d'elle reste impassible.

— On m'a dit que vous aviez séjourné à Lembras ! C'est Guyla qui m'a demandé de passer vous saluer !

Cette fois, le serveur s'agite, son visage s'anime. Visiblement, il prend le temps de réfléchir avant de parler.

— Vous le connaissez ?

Sonia s'interroge à son tour. Se souvient-il de la jeune fille que fréquentait Guyla ? Elle n'est pas venue jusque-là pour tricher et se lance :

— Oui, je le connais bien. Je suis la fille du docteur Modalès. Guyla m'a dit que vous saviez où il est.

Les Tziganes échangent des regards entendus. La fille de celui qui a causé leur départ de Lembras est donc là devant eux ! Les rôles sont inversés : ils sont ici chez eux avec des titres de séjour, ils ont la loi de leur côté tandis que Sonia cherche un condamné, un proscrit, un marginal. L'un d'eux, le plus âgé, s'approche de la jeune femme et lance d'une voix très grave avec un fort accent :

— On ne sait pas de qui vous parlez.

— Excusez-moi. Je croyais que...

— Nous, réplique le vieux en se tournant vers ses camarades pour entendre leur assentiment, on fait notre boulot, on ne s'occupe pas des autres.

Sonia a la certitude qu'il lui cache la vérité. Elle imagine alors son père vêtu de hardes. Mais pourquoi cette pensée ? Le docteur Franck Modalès ne peut pas être devenu un SDF, clochard, un misérable parmi les misérables, identique à ceux qu'elle a vus dans les rues voisines !

Elle sort sans boire son thé à la menthe, emprunte la rue Caulaincourt et fait signe à plusieurs taxis qui descendent vers la rue Doudeauville. Enfin, l'un d'eux s'arrête ; Sonia demande qu'on la conduise à Montparnasse. Pourquoi ? Elle ne saurait le dire.

L'immense tour de verre dressée majestueusement au milieu des immeubles l'impressionne. Le taxi la laisse devant la gare. Sur une vaste esplanade, un manège coloré apporte un petit air de fête, des gens bavardent, des voyageurs tirant leur valise à roulettes se dirigent vers les stations d'autobus. Sonia se perd dans la foule pour traverser l'esplanade et s'éloigne de la gare. Là aussi, la misère montre sa face honteuse. Sur le trottoir, près du parking du Maine, une femme au visage rougi assise sur de vieilles couvertures tend la main vers les passants. Sonia remarque ses chaussures trop grandes, ses mollets à la peau crevassée, ses vêtements usés. Les gens la frôlent sans la voir. La provinciale poursuit sa promenade, traverse la rue du Maine et s'engage dans une large avenue. Il fait doux, de gros nuages pèsent sur les immeubles ; la pluie devrait tomber avant la nuit.

Puis, sans réfléchir, elle fait demi-tour, revient sur ses pas. Rue du Maine, la mendiante est toujours là. Sonia s'approche ; la misérable lève sur elle des yeux délavés pleins d'une résignation triste. Sonia sort une pièce de deux euros de sa poche et la dépose dans la main ouverte. Un sourire découvre une bouche édentée.

— Je vous remercie. Je vous souhaite beaucoup de bonheur !

En même temps, elle prend dans son sac une bouteille de vin en plastique, la débouche et porte le goulot à ses lèvres. Sonia reçoit ce geste comme une provocation. L'envie d'entendre une voix familière la fait chercher son portable. Elle appelle Stéphanie. La secrétaire écoute le récit de sa journée et ses doutes.

— Surtout, prends une chambre dans un bon hôtel, lui recommande-t-elle. Et cesse de te tracasser. Finalement, je pense que ce n'était pas une bonne idée d'aller à Paris, mais tu avais besoin de bouger.

Sonia n'est pas de cet avis. L'existence même de L'Étoile filante montre qu'elle est sur la bonne voie.

— J'ai quand même un peu avancé...

— Comment ça ?

— Je ne saurais pas te dire pourquoi, mais j'ai acquis la certitude que mon père est à Paris.

— Vraiment ? Ce n'est pas très crédible !

— Peut-être, mais mon intuition est très forte, basée sur rien, certes, mais c'est comme ça ! Les gens de L'Étoile filante ne m'ont pas dit tout ce qu'ils savaient !

— Tu prends tes désirs pour des réalités. Et même si ton père est à Paris, comment vas-tu le trouver ?

Stéphanie n'a pas tort. Elles raccrochent et Sonia reprend sa marche au hasard dans les rues autour de la gare Montparnasse. Elle croise d'autres SDF, les observe de loin, cherchant dans ces inconnus le visage massif et autoritaire de son père. Elle l'imagine à moins de cent mètres d'elle, la regardant passer puis se dit que ce n'est pas possible, que son pressentiment n'est que le reflet d'une crainte infondée.

La jeune femme a mal aux jambes et se sent très fatiguée. Aller à l'hôtel lui rappelle qu'elle aussi, dans Paris, est sans domicile fixe. Son voyage improvisé n'a servi qu'à l'égarer un peu plus. Comment obtenir la moindre confidence des Tziganes ? L'impérieux besoin d'une présence dans l'anonymat de la grande ville la pousse à appeler sa mère.

Angélique rentre après avoir donné un cours particulier. Cette femme de communication trouve beaucoup de satisfaction à transmettre sa passion de la langue française à ses élèves. Fidèle au souvenir de son mari, son travail est une manière de continuer de vivre avec lui.

La disparition du docteur ne lui a pas enlevé tout espoir. La conviction qu'ils seront un jour réunis lui permet d'affronter le présent et de garder la tête haute, de sourire aux enfants de son immeuble, elle qui ne connaît pas ses petites-filles.

Le téléphone sonne dans son sac, Angélique hésite : on l'appelle souvent pour des broutilles, les parents de ses élèves se permettent de la déranger à tout moment pour une futile question d'orthographe ou de grammaire.

Elle répond. La voix de Sonia est légèrement déformée, comme plus jeune, semblable à celle de l'adolescente rebelle.

— Maman... Je suis à Paris. J'avais besoin de t'entendre.

Angélique est touchée. Depuis qu'elle a revu sa fille, la pensée de Caroline et Marine ne la lâche pas. Et ce matin, en entendant Sonia, c'est un peu ces petites inconnues qui se dévoilent à sa curiosité.

— Qu'est-ce que tu fais à Paris ?

— Je cherche mon père !

Angélique ne pensait pas que Sonia mettrait aussi vite son projet à exécution. Elle aurait voulu l'accompagner, mais sa présence aurait-elle changé quelque chose ?

— As-tu une piste ?

— Pas vraiment, mais j'ai le sentiment qu'il serait... comment dire ? À la rue, sans rien pour survivre.

— En réfléchissant, je me dis qu'on se trompe de priorité, précise Angélique. N'est-ce pas le meurtrier des Coulomier qu'il faut retrouver avant tout ?

Elle n'a pas tort ; Sonia s'est peut-être emballée un peu vite. Si son père est vivant, il restera introuvable tant qu'il ne sera pas blanchi alors que lui seul peut provoquer le procès qui l'innocentera.

— Au fait, as-tu gardé des relations avec le commissaire Blénin qui s'était chargé de l'enquête ? demande Sonia.

— Non, pourquoi ? J'ai encore son téléphone s'il n'a pas changé, mais il ne faut rien attendre de cet infect personnage !

Sonia voit se verrouiller une à une les portes qu'elle voudrait forcer. Elle regrette ce voyage sans véritable but et comprend que c'était pour échapper à elle-même, pour oublier sa nouvelle solitude. Elle cherche un taxi qui la ramène au parking de la porte d'Orléans. Malgré sa fatigue, elle n'a qu'une hâte : quitter Paris au plus vite, s'éloigner de la ville qui la rejette, retrouver son cabinet, ses patients, Stéphanie, la proximité de ses filles et de François.

L'autoroute est presque déserte à part d'énormes camions qui semblent immobiles. La fatigue alourdit ses paupières, ralentit ses réflexes. Depuis combien de temps n'a-t-elle pas mangé ? La jeune femme s'arrête sur une aire de repos, en face du restaurant, mais les forces lui manquent. Elle renverse sa tête en arrière sur le siège, ferme les yeux.

Quand elle se réveille, la nuit est tombée. Cette nuit sombre qui lui rappelle que personne ne l'attend, qu'elle n'a pas de chez elle, pas le moindre endroit pour poser son sac, pour s'asseoir dans un fauteuil et réfléchir. Son domicile, c'est sa voiture. Elle pense à la vieille alcoolique à qui elle a donné deux euros.

Elle reprend la route, un retour qui ressemble à une fuite. Tout en roulant, elle revit cet instant-clé où, dans le bosquet proche de la maison des Coulomier, elle a entendu les deux coups de feu et vu son père s'éloigner.

Guyla s'était approché en silence. Il pourrait être le meurtrier, raison pour laquelle il a disparu pendant quatorze années. Sonia a un haut-le-cœur.

Les heures passent. La radio maintient une présence dans l'habitacle. La faim la tenaille. Elle s'arrête à un restoroute presque désert. L'envie d'appeler François l'obsède mais la peur d'entendre des mots durs, qui la blesseraient, la retient une fois de plus.

Elle mange rapidement une insipide cuisse de poulet puis reprend le volant. Conduire dans l'anonymat de la circulation occulte ses pensées, comme si elle devenait un être libre, sans passé, sans avenir et presque sans nom. Elle n'a pas envie de retourner à Saint-Émilion et prend la sortie vers Bergerac, cherche un endroit discret pour garer sa voiture et se reposer. Elle s'endort la tête sur le volant. Le froid la réveille ; le jour se lève, des vaches meuglent dans un enclos voisin. Une petite pluie embue les vitres. Elle repart à Bergerac qui n'est qu'à quelques kilomètres.

Angélique accueille Sonia en robe de chambre, les cheveux défaits, le visage chiffonné.

— Toi ? Mais je te croyais à Paris.

— Je viens de rentrer et j'ai besoin de te voir.

Sonia s'assoit dans le canapé. Une odeur de café frais vient de la cuisine. Elle ressent tout à coup la fatigue de son escapade.

— Alors qu'as-tu découvert ? demande Angélique en prenant place dans un fauteuil en face de sa fille.

— Rien, soupire Sonia. Cela ne pouvait pas être autrement.

— Ton père n'a jamais baissé la tête devant personne, explique Angélique. S'il est vivant, il ne se montrera pas et cela satisfait tout le monde, même les enquêteurs. Ne pas savoir ce qu'il est devenu donne bonne conscience à ceux qui ne font aucun effort pour débusquer le véritable criminel.

— Donne-moi le numéro du commissaire Blénin.

— Tu peux tenter ta chance, mais je n'y crois pas. Blénin est obtus, sûr de lui, et ne s'intéresse pas à notre histoire. Il manque de moyens.

Angélique regarde l'heure, puis passe dans la cuisine.

— J'ai un élève à neuf heures. Et toi, je suppose que tes patients t'attendent !

— J'ai pris quelques jours de congé.

Sonia se trouve tout à coup démunie. Que va-t-elle faire de sa journée ? Elle pense à ses filles qui doivent être arrivées à l'école. François est certainement resté au domaine pour s'occuper des vendanges. Sonia saisit son téléphone une fois de plus, le tourne dans sa main, sans se résoudre à appeler son mari. Elle range son appareil quand la sonnerie retentit. Dans cet appartement étranger, le bruit paraît excessivement fort, déplacé. C'est Guyla.

— Écoute. Il faut que je te voie. Je suis d'accord pour t'en dire plus sur le crime.

Sonia sait que Guyla lui délivre les informations au compte-gouttes pour mieux la garder sous son emprise.

— Je n'ai pas beaucoup de temps.

— Je sais qui est le meurtrier des Coulomier, assène Guyla.

Les soupçons de Sonia se confirment. Guyla a vu le meurtrier et a laissé condamner un innocent ! Son premier amour était donc déjà un horrible personnage ! Angélique sort de la salle de bains et questionne sa fille du regard…

— C'est Stéphanie qui veut savoir quand je rentre au cabinet, ment-elle.

Sonia fait une toilette rapide et sort en même temps que sa mère. Angélique ne lui pose pas de question, pourtant rien ne lui a échappé : le coup de téléphone a complètement déconcerté la jeune femme, ce n'était donc pas sa secrétaire qui l'a appelée.

— Tu as des nouvelles ? ose-t-elle demander.

— Peut-être, répond Sonia en s'éloignant.

Elle se rend à Libourne avec le sentiment que Guyla joue avec ses nerfs. Le hall de l'hôtel est envahi d'un groupe de Japonais qui entassent leurs valises près de la porte. Sonia se fraie un passage, monte dans l'ascenseur. À l'étage, elle frappe à la porte du musicien qui s'ouvre aussitôt. Guyla la reçoit en costume, comme s'il se préparait à sortir. Il la fixe un instant puis lui propose de s'asseoir.

— Mon contrat est terminé. Je rentre chez moi.

— Chez toi ?

— Oui, à Paris, et je t'emmène avec moi !

— Et ta femme ?

— Je n'ai pas de femme. Celle que tu as vue n'était qu'une aventure de passage. Je suis revenu ici pour toi. Je n'en repartirai qu'avec toi.

— Tu m'as dit connaître l'assassin des Coulomier. Pourquoi n'as-tu pas dit son nom quand c'était le moment ? lance la jeune femme pressée d'en finir.

— Ne revenons pas sur le passé. Seul le présent a de l'importance et j'ai compris que pour te reconquérir, je devais t'aider à faire la lumière. Peu m'importe puisqu'il y a prescription.

Sonia montre son impatience. Guyla avance vers elle, mais Sonia recule jusqu'à la porte, pose sa main sur la poignée.

— Dis-moi tout ce que tu sais…

— Avant, j'ai besoin de te sentir contre moi. Tu m'as tant manqué. Viens.

— Jamais, tu entends, jamais.

Elle entrouvre la porte. Guyla tente de l'arrêter :

— Mes compatriotes en voulaient beaucoup à ton père. Et quand on est misérable, on n'a pas la même morale que les autres.

Sonia toise le musicien avec mépris. Mais cela n'arrête pas Guyla qui continue d'approcher d'elle lentement.

— De là à l'attirer dans un piège et à tuer ceux qui leur avaient offert gracieusement un endroit pour s'installer, cela me semble d'un cynisme inimaginable, assène-t-elle.

— Ce serait possible. Mais rassure-toi, les miens n'y sont pour rien.

— Et toi ? Qu'est-ce que tu faisais là ? À l'époque, tu m'as dit que tu étais revenu chercher ton violon, et l'autre jour, tu m'as annoncé que tu voulais voir tes jeunes frères. Je ne te crois pas.

Guyla est tout proche de Sonia qui ne bronche pas et soutient le regard noir posé sur elle.

— Tu ne vas pas penser que c'est moi ?

— Je n'en sais rien.

En même temps, elle pense au fameux ADN retrouvé sur la crosse. Son regard s'arrête sur le cendrier plein de mégots.

— On se met au lit et tu sauras tout…

— Je ne me vends pas !

Elle pense à ce qu'il a dit à François et se retient pour ne pas lui cracher son mépris au visage.

— Ton père avait été appelé pour un enfant malade, c'est vrai. Et les Coulomier se tenaient devant leur porte, ajoute Guyla sans se presser. Le criminel qui se cachait à proximité a profité de sa présence.

— C'était un coup monté !

— Tu as peut-être raison, cependant...

Le regard de Guyla devient lointain. Comme s'il voyait la scène défiler devant ses yeux, il marche jusqu'à la fenêtre. Sonia en profite pour ramasser un mégot dans le cendrier posé sur la table près de la porte et le glisse dans sa poche.

— Le criminel est arrivé par le petit pont que Mélina avait fait construire sur le ruisseau et qui permettait d'accéder à la prairie où se trouvaient les miens.

— Donc, ils l'ont tous vu !

— Non. Il a bifurqué près de la rivière. De là on ne pouvait pas l'apercevoir. Il a rejoint la route où il avait dissimulé sa moto derrière un buisson.

— Toi, tu as vu son visage ? Tu le connaissais ?

— Je t'en ai assez dit !

— Il faut que je sache, tu entends ?

— Les policiers n'ont pas beaucoup cherché. Ils avaient ton père, un mobile du crime, c'était très facile. Et avec ton témoignage, ton père n'avait aucune chance de s'en tirer.

— Quel mobile du crime ?

— Henri Coulomier avait fait des recherches pour coincer ton père. Il avait trouvé des dessous-de-table pour les terrains du village de vacances et un compte en Suisse. Ton père n'était pas aussi blanc que tu le crois.

Sonia sait tout cela. Les journaux en ont largement parlé lors du procès en assises. Le docteur Franck Modalès a été bien sali par la presse et surtout par ses adversaires politiques. Pourtant, elle n'a jamais pu savoir si le fameux compte en Suisse existait vraiment.

— Tu dis que les policiers n'ont pas beaucoup cherché, qu'est-ce que tu sous-entends ?

— Rien du tout. Je n'ai plus envie de parler de ça.

Il lui tend les bras. Sonia donne alors libre cours à sa colère :

— Comment as-tu pu oser dire à mon mari que nous avions couché ensemble ? Tu es un infâme menteur, mais tu ne t'en tireras pas comme ça. Je vais porter plainte contre toi.

Sonia s'enfuit avant que Guyla ait pu tenter le moindre geste pour la rattraper. Elle prend l'escalier, court jusqu'à sa voiture et se rend au commissariat de police de Bergerac où le commissaire Blénin la reçoit presque aussitôt. Sonia retrouve l'homme au visage sec, au regard froid et autoritaire. Ses cheveux ont blanchi, mais sa voix reste toujours aussi cassante.

Il présente une chaise à Sonia et s'assoit derrière son bureau sans la quitter des yeux.

— Que me voulez-vous ? demande-t-il. Le crime de Lembras est trop ancien pour faire de nouvelles découvertes.

— Je suis certaine que mon père est innocent.

— Qu'est-ce que ça change ? L'affaire est prescrite.

Sonia réprime un mouvement de colère. Ce petit homme anguleux, assis tranquillement derrière son bureau, admet l'erreur judiciaire, et cela ne lui pose pas de cas de conscience ! Elle pince les lèvres et se retient pour ne pas exploser.

— Et puis, après sa libération, votre père a disparu, preuve qu'il n'est peut-être pas aussi irréprochable que vous le pensez.

— Cela arrangeait tout le monde !

Elle a haussé le ton et le commissaire comprend que cette jolie femme dont il avait pour seul souvenir celui d'une adolescente rebelle, est déterminée à réparer le malheur qu'elle a involontairement causé. Elle insiste :

— Ce que j'ai dit lors de l'enquête est la stricte vérité.

— On a retrouvé son pistolet ! insiste le commissaire en se grattant le menton.

— C'est ça ! Et vous croyez qu'il était assez stupide pour abandonner son arme sur le lieu du crime ?

— Il a paniqué, voilà tout ! conclut Blénin qui a l'impression de répéter les phrases prononcées à maintes reprises quatorze ans plus tôt.

— Je pense, poursuit Sonia, qu'on n'a pas assez fouillé dans la famille des Coulomier, dans le Nord...

— J'ai des centaines de pages de rapports sur le sujet. Lorsque nous avons rouvert le dossier, il y a cinq ans déjà, mes inspecteurs ont enquêté. Le fils, Dominique Coulomier, a fait faillite, il ne reste rien de la belle entreprise. Il a trouvé un emploi de chef d'équipe chez un de ses anciens fournisseurs. Il est très déprimé et sombre dans l'alcoolisme. Sa femme l'a quitté, ses deux enfants ne veulent plus le voir. Quant à l'autre fils de Mélina Coulomier, Renaud, il s'en tire assez bien. Il vend de la lingerie fine pour le compte de grands couturiers parisiens. Je crois qu'il habite dans le Boulonnais. Il a coupé les ponts avec sa famille. C'est un homme sans histoire qui consacre une grande partie de son temps libre et de son argent à la pêche à la ligne.

Sonia se demande par quel côté reprendre cette affaire pour avancer. Comment obtenir du coupable un aveu qui ne lui vaudrait aucune poursuite mais sauverait son père si un jour elle arrivait à le retrouver ?

— Le docteur Modalès a affirmé plusieurs fois qu'il n'avait pas vu le meurtrier. C'est quand même bizarre puisqu'il était tout près...

— Le tireur était caché derrière un arbre, c'est Guyla qui me l'a dit. Pourquoi ne l'entendriez-vous pas ?

— Parce qu'on n'a pas le temps. C'est aussi simple que ça !

— Monsieur, mon père ne doit pas pâtir des carences de la police !

— Votre père n'est pas aussi blanc que vous le dites. Les dessous-de-table placés sur un compte en Suisse le confirment.

Sonia ne peut pas répondre à une telle affirmation. Elle touche là l'ambiguïté du docteur Modalès et ne veut pas en savoir plus.

Blénin se lève de son siège pour indiquer à Sonia que l'entretien est terminé. La jeune femme se dirige vers la porte.

— Croyez-moi, assure le commissaire, cherchez votre père, aidez-le de votre mieux, mais ne vous obstinez pas à trouver le criminel, vous n'y arriverez pas.

Sonia sort un mégot enveloppé dans un mouchoir en papier et le tend au commissaire.

— S'il vous plaît, pouvez-vous faire comparer l'ADN présent sur ce mégot avec celui du pistolet.

Blénin prend le petit paquet.

— Je le ferai, mais je pense vraiment que nous perdons notre temps.

— De plus, ajoute Sonia, je souhaite porter plainte contre Guyla qui a laissé condamner mon père. C'est la meilleure manière de relancer l'affaire.

— Bien, soupire-t-il. Puisque je ne peux pas vous en empêcher…

Une fois dans la rue, Sonia peste contre ce fonctionnaire arrogant qui ne veut pas reconnaître ses torts. Elle décide d'abord de retourner à son cabinet puis elle change d'avis. Seule, perdue dans la ville, elle ne peut détacher ses pensées de la vieille mendiante assise sur le trottoir qui buvait des rasades de vin au goulot de sa bouteille en plastique…

Elle flâne un long moment dans Bergerac. Le temps est agréable, le soleil est sorti d'entre les nuages, il n'y a pas de vent et une douce chaleur rappelle les belles heures de l'été. Elle s'arrête devant un magasin de chaussures, compare les modèles. La lumière rasante projette sa silhouette sur la vitrine. La moindre lâcheté rendrait monstrueusement laide cette belle femme qu'elle contemple un instant, indigne de ses filles. Elle cherche son téléphone dans son sac à main.

La sonnerie retentit plusieurs fois. Elle redoute de ne pas avoir de réponse. Enfin, la voix attendue prononce ces mots terribles :

— Je n'ai pas de temps à perdre. C'est les vendanges au cas où tu l'ignorerais et mon père a eu un malaise…

— Ah bon ? Comment va-t-il ? Je dois te voir.

— Moi, je n'en ai pas envie.

— Nos deux filles nous en voudraient de nous déchirer. Laisse-moi te parler, une fois seulement, pour te dire que j'ai porté plainte contre Guyla pour avoir cherché à détruire notre couple en te mentant. Et ce n'est pas tout !

— Comme tu veux. Rendez-vous dans une demi-heure au café, devant ton cabinet.

Pourquoi pense-t-elle à cet insupportable film de fées que Caroline et Marine regardaient en boucle l'hiver dernier. Elle se rend à Saint-Émilion, assez optimiste ; François a accepté de la voir, c'est un bon signe.

Quant elle arrive au bar, son mari est déjà là. Assis en terrasse, il la regarde approcher. Son visage très fatigué, ses traits tirés montrent sa peine. Sonia voudrait se jeter dans ses bras, le serrer contre elle, le rassurer. Pourtant, elle décide d'afficher un air indifférent et s'installe sans un mot en face de lui. Ils restent un long moment silencieux, puis Sonia inspire très fort. Pourvu qu'elle ne craque pas !

— Merci d'être venu.

Le visage de François se ferme, son regard se durcit. Il entrouvre les lèvres comme pour parler, puis baisse les yeux.

— Tu savais tout de moi, poursuit-elle. Je ne t'ai jamais caché mon passé et mon premier amour. Mais je te jure une fois de plus, que je n'ai rien à me reprocher.

— Pourquoi te croirais-je ?

— Guyla t'a menti. La justice fera la part des choses.

— Désormais, nos avocats régleront nos relations.

— François, je t'en supplie, arrête de t'obstiner. Tu sais que je t'aime et je sais que tu m'aimes aussi. Pourquoi se faire la guerre quand on peut s'épauler, s'aider…

— J'ai tourné la page.

Alors, Sonia explose, se vide d'une rancœur amassée au fil des années :

— C'est vrai que je faisais tache dans l'honorable famille Dorliac ! Alors, bien sûr, ton père en premier, ta mère ensuite, t'ont poussé à me rejeter. Et tu finis par leur donner raison parce que tu n'as jamais grandi !

— Non, je ne leur donne pas raison. Tu dois savoir, puisque cela concerne nos filles, qu'après les vendanges je quitterai le domaine. Je partirai très loin d'ici…

— Et Marine et Caroline ?

— Elles viendront avec moi.

— Quoi ? s'étonne Sonia. Tu ferais ça, toi ?

— Oui, tu te souviens du riche propriétaire chilien ? Je l'ai recontacté et il est d'accord pour me prendre dans son exploitation.

— Mais le domaine Dorliac, tes parents ? demande Sonia, toujours incrédule.

— J'ai toujours reculé à cause d'eux, et j'ai eu tort.

Mon père se débrouillera et le domaine continuera très bien sans moi…

François serait-il en train de se libérer du joug paternel ? Mais cette bonne nouvelle arrive un peu tard.

— Je m'oppose à ce que tu emmènes les filles au Chili, à moins que nous partions ensemble, mais je doute que tu ailles au bout de ce projet. Laisse-moi seulement les voir et les embrasser à la sortie de l'école !

Il pose un billet de dix euros sur la table, passe à côté de Sonia sans lever les yeux et s'éloigne très vite, comme s'il avait peur de pousser plus loin la confrontation. Sonia le regarde partir. François ne sait pas cacher sa souffrance qui lui enlève tout discernement.

Sonia doit lui tenir tête et refuser le divorce. Elle va charger Julie Labelli de l'aider. Elle a soigné l'avocate au barreau de Libourne et les deux femmes ont toujours eu de très bonnes relations. Ce sera sa parole contre celle de Guyla qu'il lui sera facile de confondre. Cette décision lui redonne un peu de courage.

Son téléphone sonne. Croyant à un appel de Guyla, elle prend nerveusement l'appareil, c'est sa mère.

— Sonia, je viens de trouver quelque chose qui pourrait nous aider !

— De quoi veux-tu parler ?

— J'ai retrouvé tout un dossier constitué à sa demande par un détective privé. La police n'en a jamais eu connaissance.

— Je ne comprends pas pourquoi ce détective n'a pas été cité à comparaître lors du procès s'il avait des éléments importants à dévoiler…

— Je ne sais pas, répond Angélique. Je crois que personne n'était au courant. De mon côté, j'avais rangé tout cela dans une caisse. Ton retour m'a rendue curieuse. J'ai ouvert la grande enveloppe et j'ai découvert des choses assez intéressantes…

Sonia est exténuée. La fatigue de ces derniers jours broie son corps et elle ne se sent pas la force de se rendre à Bergerac. La peur de l'accident mêlée à la pensée de ses filles la retient.

— Je passerai demain matin ! dit-elle à sa mère.

Une surprise attend François à son retour au château. Son père est là, à l'entrée du chai, en train de surveiller le déchargement des raisins. La maladie n'a pas vaincu l'homme fier. Le visage qu'il tourne vers son fils est fatigué, pâle, mais volontaire.

— Qu'est-ce que tu fais là ? s'étonne François. Je croyais que tu devais aller dans une maison de repos.

— Ça ne regarde que moi, réplique vivement Paul. On est juste en maturité pour ce pinot. Je pense qu'il faudrait lui laisser encore quelques jours !

La remarque est un reproche. Sans lui, les vendanges ne peuvent se faire correctement. Le vieux vigneron connaît ses parcelles mieux que quiconque et François a encore beaucoup à apprendre.

— Tu as trouvé les deux gars qui nous manquent ? demande-t-il encore sur ce ton autoritaire que François déteste.

— Non, je n'ai pas voulu embaucher n'importe qui !

Le regard de Paul ne le lâche pas. Il se sent mal à l'aise, rabaissé comme s'il était incapable de succéder à son père. Il entre dans le chai, observe un instant Franchet qui ne quitte pas des yeux les nouvelles trieuses arrivées le matin. Paul fulmine contre l'une des machines qui a laissé passer une grappe avec des raisins présentant une pourriture grise, puis se tourne vers son fils :

— Viens, il faut qu'on parle.

Ils traversent la cour, entrent dans le bureau.

— Comment te sens-tu ? demande François. Je ne suis pas certain que tu aies raison de reprendre le travail aussi vite !

— Si tu écoutais les médecins, tu mourrais d'un courant d'air. D'abord les vendanges, ensuite nous verrons. Pour l'instant, je n'ai pas le temps d'être malade.

Paul ferme la porte et indique un siège à son fils, exactement comme il le ferait avec un représentant ou un visiteur.

— Où en es-tu avec Sonia ?

Devoir ainsi rendre des comptes irrite François qui s'emporte :

— Ce sont mes affaires ! Elles ne regardent que moi ! Je te prie de ne pas t'en mêler.

François redevient celui qui s'était opposé à sa famille pour imposer Sonia. Son animosité contre ses parents, surtout contre son père, l'amène à se ranger du côté de sa femme. Il comprend combien tout au long des douze années de mariage, elle a dû déployer de patience pour supporter les paroles fielleuses, les remarques, le rejet qui l'a maintenue en dehors des décisions importantes.

Paul pose un regard perçant sur son fils.

— J'ai bien compris, dit-il, voilà que tu lui cèdes encore, n'est-ce pas ?

— Non, s'emporte François. Je ne supporte plus qu'on décide à ma place !

En même temps il pense à Sonia qui lui a indirectement proposé de le suivre au Chili et où lui, François, ne sera plus le cocu dont on se moque !

Paul ne doute jamais de sa bonne raison ; le départ de Sonia n'est qu'un petit aléa de la vie, rien de bien grave.

La peine de François n'a d'autre cause que sa naïveté, il s'en relèvera très vite et saura retrouver son chemin. Aussi, le vieux viticulteur se montre-t-il tolérant :

— Je comprends ton attitude.

— Ce qui n'est pas facile à accepter, c'est que certains ont tout mis en œuvre pour que ma femme s'en aille, réplique vivement François.

Il retourne aux vignes sans plus se préoccuper de son père. Une intense activité règne sur les collines de Saint-Émilion. Le raisin est récolté à la main, et des centaines de saisonniers s'affairent entre les rangs de vigne. Revenu surveiller ses employés, Paul s'efforce de se montrer aimable avec eux. Le domaine passe avant ses douleurs de poitrine : son nom, Dorliac, désigne le grand vin produit ici, le nectar vanté sur les meilleures tables. Pour atteindre le sommet où il l'a hissé, rien ne doit être laissé au hasard ; les ceps se nourrissent de la sueur du vigneron.

Pendant toute la journée, Paul et François s'évitent. Vers cinq heures, Jeanne ramène les filles de l'école. L'absence de leur mère leur enlève la force de se chamailler. Leurs regards tristes n'échappent pas à François. Elles se précipitent dans ses bras avec une ferveur triste, pleine de détresse, puis vont goûter au château, et commencent leurs devoirs.

Une fois leur travail terminé, les fillettes demandent à Jeanne la permission d'aller jouer dans leur maison. Au château, tout est trop grand, les plafonds trop hauts, les portes trop lourdes. Et puis, l'oppressante présence de grand-papa les retient dans leurs élans spontanés.

Grand-maman accepte. Les fillettes partent en courant. La chambre de Marine est encombrée de poupées éparpillées sur le parquet. Caroline invite sa sœur à s'asseoir sur le lit, va fermer la porte, puis fouille dans la poche de son pantalon.

— Regarde ! fait-elle, triomphale, en montrant un téléphone.

Marine prend un air offusqué, ouvre de grands yeux et murmure :

— Oh là là ! Le portable de grand-maman !

— Oui, répond Caroline avec un sourire malin. Elle l'oublie toujours sur l'étagère du salon. Elle ne s'apercevra pas que je l'ai pris.

— Qu'est-ce que tu veux en faire ? demande Marine, émerveillée parce qu'elle a compris.

Sans répondre Caroline compose un numéro et porte l'appareil à son oreille.

— Allô, maman ?

Sonia qui a reconnu le numéro affiché, décroche et s'étonne de la petite voix qui lui parle. Son visage s'éclaire.

— Caro, ma chérie ! Comme je suis heureuse de t'entendre !

Marine secoue le bras de sa sœur car elle veut aussi parler à sa mère.

— Mes chéries, vous me manquez tant !

— Reviens, maman, crie Marine. C'est pas bien sans toi !

— J'ai fait mes devoirs avec grand-maman, ajoute Caroline. Je t'aime, ma maman.

— Je t'aime aussi, ma maman chérie ! s'exclame Marine.

La porte s'est entrouverte. Les fillettes, trop occupées, n'ont pas vu s'approcher leur père. François les écoute parler, puis se retire sur la pointe des pieds, sort de la maison et traverse la cour éclatante de soleil.

Paul l'appelle sur son portable :

— Les nouveaux vendangeurs que tu as embauchés font n'importe quoi. Si ça continue, on va gâcher la récolte !

— J'ai embauché ceux qui étaient disponibles ! se défend le jeune homme.

Son père s'en prend alors à un jeune garçon, en triant lui-même les raisins dans la hotte.

— Il faut tout surveiller, rage Paul, sinon on n'arrive à rien. La renommée du domaine est entre des mains inexpertes. Je vais me plaindre au bureau de recrutement. J'avais demandé des hommes expérimentés, pas des débutants !

Vers dix-neuf heures, sous le prétexte d'être très fatigué, François quitte la table des employés qui plaisantent, et rient aux éclats. En trois jours de travail, des couples éphémères se sont formés. François jalouse un peu l'insouciance de cette jeunesse libre qui se donne du bon temps.

Il pousse la porte de sa chambre vers vingt-trois heures, harassé. Son regard s'attarde une fois de plus sur le peignoir de Sonia, sa table de nuit avec le livre et son marque-page. Tout lui rappelle son bonheur avec la seule femme qui a compté pour lui. Les journées commençaient là le matin et s'y terminaient le soir ; la chambre les réunissait, donnait un sens à leur couple. Il s'allonge sur le lit, à l'emplacement de sa femme et murmure : « Sonia, mon unique amour, tu m'as fait si mal que ta seule vue me détruit. Je t'aime si fort que la seule pensée que tu aies pu me tromper me fait perdre la raison ! » Il sort de nouveau le pistolet du tiroir, le contemple un instant et le range.

Quoi qu'il fasse, sa vie sera un enfer ; la terrible douleur qui le lacère ne s'estompera jamais. Il souhaiterait s'endormir pour ne plus se réveiller. Que lui reste-t-il ? Ses filles ? La manière dont elles appellent leur mère en cachette montre bien qu'elles ont choisi leur camp. Le voilà seul, sans le moindre espoir, au fond d'un abîme où l'intransigeance de son père l'a précipité. La solution est simple, sans alternative, à portée de main. Il descend au sous-sol, fouille un moment dans les innombrables cartons contenant des vêtements, des bouteilles de vieux vin, des produits pour traiter la pelouse. Enfin, il trouve dans une boîte un sachet de papier rempli d'une poudre blanche. C'est du taupicide, désormais interdit à la vente. Des vers de terre empoisonnés et mis dans les trous des taupes suffisent à se débarrasser de ces animaux qui ravagent les parterres du château. François préfère le poison au pistolet, à la balle qui broie le cerveau et répand le sang. La taupicide tue sans douleur et en tout cas, sans bruit.

Son verre à la main, il retourne dans sa chambre, et s'allonge sur le lit, respire une dernière fois à pleins poumons l'oreiller de Sonia, puis se prépare à boire.

La porte s'ouvre brusquement et les deux fillettes se précipitent sur le lit, renversant le verre sur les draps. Caroline et Marine se serrent contre leur père :

— Tu as oublié de nous faire un bisou ! s'écrie Marine en serrant la tête de François contre sa petite poitrine.

— Oui, poursuit Caroline, on ne pouvait pas dormir parce que tu n'es pas venu nous dire bonsoir !

— Alors, enchaîne Marine d'un air espiègle, on est restées sans bouger et puis quand grand-maman est partie dans le salon, on s'est levées et on est sorties par l'escalier de service. On a traversé la cour, et même que j'ai pas eu peur !

— On veut plus coucher au château, explique Caroline. On veut dormir ici, dans notre chambre, parce que c'est chez nous !

— On veut que maman revienne ! insiste Marine en sautant du lit. Mais c'est tout mouillé ! Qu'est-ce que tu as, papa, tu pleures ?

Les larmes roulent des joues de François sur les deux

visages serrés contre le sien. Le liquide empoisonné a imbibé la couverture. Les deux petits corps pleins de vie lui font prendre conscience de l'égoïsme de son geste, de son ultime lâcheté face à la douleur. De véritables sanglots soulèvent ses épaules. Caroline recule, stupéfaite. Marine se met à pleurer à son tour.

— Venez, on va se sécher, dit enfin leur père.

— Qu'est-ce que c'était ? Un médicament parce que tu es malade ?

— Je ne suis plus malade.

Il se lève, oblige les filles à s'écarter du lit et arrache les draps et les couvertures souillés. Demain, il les emportera dans une décharge pour que personne ne soupçonne son acte désespéré.

— Allez vous coucher dans votre chambre.

Les fillettes ne se font pas prier. Marine essuie ses beaux yeux bleus, renifle, et se pelotonne dans son lit. Son père vient l'embrasser.

— Tu ne pleures plus, papa ? Tu avais mal quelque part ?

Marine sait que son père ne pleure pas quand il a mal, mais la fillette a besoin de l'entendre dire :

— Non, je n'ai plus mal. Dors vite.

— Eh bien, tu sais, reprend-elle sur le ton du babillage, le coquillage de mon caillou est dans le ciel, mais la nuit, quand je dors, il revient ici parce que c'est chez lui depuis des millions d'années.

À son tour, Caroline monte dans son lit, se glisse sous la couette, mais garde les yeux ouverts. Elle noue ses bras autour du cou de François.

— J'ai bien compris, dit-elle, tu ne pouvais pas dormir parce que maman te manque !

Il blottit son visage contre celui de sa fille.

— Pourquoi tu ne lui dis pas de revenir ? Elle est malheureuse, elle aussi.

— Ma chérie, c'est compliqué...

— Mais non, c'est pas compliqué. Je voudrais tant qu'on recommence comme avant.

— Pour l'instant, va dormir. Je vais rester près de vous, mais je dois avertir grand-maman que vous êtes ici.

Sonia a longtemps hésité. La tentation d'aller au domaine, de cacher sa voiture en dehors de la cour et de rentrer à la maison pour avoir une véritable confrontation avec François l'a poussée à rester tard dans son cabinet après le départ de Stéphanie. Puis elle a renoncé, redoutant quelque esclandre devant ses filles. Maintenant, elle hésite à déranger Stéphanie et comme elle n'a envie de voir personne, elle décide de dormir sur le divan des patients. Au petit matin, le camion des poubelles la réveille. Elle s'en veut une fois de plus de ne pas avoir pris le temps de faire installer une douche à côté du cabinet comme elle en avait eu l'intention. Après une toilette rapide, elle se rend au café voisin pour prendre son petit déjeuner. Son téléphone sonne, c'est le commissaire Blénin :

— J'ai les résultats de l'ADN sur le mégot que vous m'avez confié. Aucun rapport avec celui qu'on a trouvé sur l'arme de votre père.

Sonia est rassurée. Elle n'avait jamais sérieusement soupçonné Guyla d'avoir assassiné ses protecteurs, mais le test prouve que ses proches, ses oncles, ses cousins et toute la famille, qui constituaient une grande partie de la communauté tzigane, n'y sont pour rien. Ce n'est pas de ce côté qu'il faut chercher.

— Donc, je n'ai pas fait avancer l'enquête d'un seul pas, constate Sonia.

— Cherchez autant que vous voudrez, réplique le commissaire. Mais vous ne pourrez pas comparer cet ADN avec celui de tous les hommes de la terre !

Blénin en veut à la jeune femme de réveiller une histoire oubliée, de chercher à relancer une enquête où la police a dû reconnaître son échec en laissant libérer le docteur Modalès. N'est-elle pas en train de l'accuser d'avoir mal fait son travail ? Il suffirait d'un peu de cette chance propre aux amateurs pour qu'elle trouve le coupable et tourne ses services en dérision !

— Trop d'années sont passées pour découvrir quoi que ce soit, insiste le commissaire. Mais vous pouvez toujours essayer !

— C'est bien ce que j'ai l'intention de faire ! tranche sèchement Sonia en coupant la communication.

Elle se rend à Bergerac afin de consulter le dossier dont sa mère lui a parlé. Pour une fois, Angélique n'a pas d'élève et a profité de ce court temps libre pour dépouiller l'énorme liasse fournie par le détective privé Charon. Elle a l'impression de sortir de l'impasse où elle se morfond. Sonia lui a redonné espoir, et l'envie de retrouver son mari est aussi forte que celle de rencontrer ses petites-filles, de les prendre avec elle et de leur faire découvrir ce qui a été toute sa vie, la littérature et les auteurs classiques.

Sonia la trouve assise à la grande table de la salle à manger, un monceau de papiers étalés en désordre devant elle.

— On va faire le point, dit la méthodique enseignante. Voilà ce que j'ai appris : Henri Coulomier s'est disputé avec son fils, Dominique, qui lui demandait de l'argent pour combler le déficit de l'entreprise.

— Attends, il faut aussi qu'on sache précisément quand ça s'est passé. As-tu une date ?

— Oui, avant l'assassinat, c'est-à-dire en juin 1998, Henri a dit qu'il n'avait pas d'argent pour une entreprise moribonde. Un mois plus tard la société était déclarée en faillite. En même temps, Abel Bréhman, ancien amant de Mélina, se réconcilie avec le couple et propose une affaire immobilière à Henri qui investit cent cinquante mille euros dans ce qui sera un fiasco. Dominique l'a appris et a sombré dans une terrible colère. Il a menacé son père de révéler qu'il avait grugé le fisc avec une série de fausses factures.

— Tiens, constate Sonia, celui qui a accusé papa d'avoir un compte en Suisse n'était pas tout blanc, lui non plus !

— Justement, ton père attendait d'en avoir la preuve formelle pour le faire taire. Mais il n'en a pas eu le temps. Dominique aurait pu aller plus loin que les menaces. Qu'est-ce que tu en penses ?

— Ça ne tient pas, réplique Sonia. L'ADN du pistolet de papa n'a aucun lien avec les victimes. Le fils Coulomier aurait été confondu.

— Je sais tout ça, pourtant sa haine pour ses parents était telle qu'il a refusé d'assister à leur enterrement. Il aurait pu payer un tueur à gages.

— Un professionnel ne laisse pas son ADN sur une pièce à conviction. Qu'est devenu ce Bréhman ?

— Je ne sais pas. On peut téléphoner à Charon, mais ça ne nous avancera pas à grand-chose.

— C'est tout ce que tu as appris ?

— Oui, mais il reste encore beaucoup de feuilles à trier. Je crois que ce serait bien de se rapprocher de Charon. Écoute, tout est là. Moi, je dois me préparer, j'ai un élève à onze heures…

Angélique laisse Sonia seule avec ce déballage de courriers et de photocopies. Par où commencer ?

Elle parcourt des tas de documents qui n'ont qu'un

lointain rapport avec le meurtre. Charon a fait ce que lui avait demandé le docteur Modalès : trouver les preuves de fraude fiscale des Coulomier et il ne s'est préoccupé des tensions familiales que lorsqu'elles avaient une importance pour son enquête. Il cherchait des escrocs, pas un criminel.

Finalement, certaine de perdre son temps, Sonia ferme le dossier quand une enveloppe assez lourde glisse de la chemise et tombe à ses pieds.

— Qu'est-ce que c'est ? demande-t-elle d'une voix forte pour se faire entendre d'Angélique.

— Des photos, répond celle-ci en sortant de la salle de bains. Charon avait tiré le portrait de tous les proches des Coulomier. C'est sans importance.

Sonia ouvre le paquet et dépose sur la table une vingtaine de clichés au dos desquels figurent les noms des personnes représentées. Le docteur Modalès avait dû débourser pas mal d'argent pour obtenir un travail aussi précis qui ne lui a servi à rien.

Elle passe en revue les visages surpris par le téléobjectif du détective. Elle s'arrête sur Dominique Coulomier, fils des victimes, puis sur Renaud, fils de Mélina. Ils se ressemblent : même taille, cheveux précocement blancs, et même sourire en coin, malicieux et provocateur. Elle parcourt ainsi une dizaine d'autres photos quand un détail sur l'une d'elles attire son attention. L'image représente un homme pris de face en train de converser avec une dame d'apparence âgée dont Sonia voit l'épaule droite et le profil. L'homme a une quarantaine d'années, il est assez beau, les cheveux gris, les yeux clairs. Il semble parler en appuyant sur les mots comme s'il défendait une idée qui lui tient à cœur. Accrochée à son veston, Sonia remarque une broche, que l'on appelait un pin's dans les années 1990. Le cliché est assez précis pour en montrer les détails : un losange d'émail avec en son centre une étoile dorée. Il y a eu certainement des milliers d'exemplaires de ce petit objet, pourtant, Sonia n'en a vu qu'un seul et à un endroit précis.

Elle lève la tête, se tourne vers sa mère, en proie à une profonde réflexion.

— Que se passe-t-il ?

Sonia ne répond pas. Les souvenirs remontent à la surface et l'un d'eux en particulier qu'elle avait complètement oublié parce qu'il n'avait pour elle aucune importance. Elle regarde de nouveau la photo. Angélique s'approche, se penche sur les personnages représentés qu'elle ne connaît pas. Au verso, Sonia lit : *Abel Bréhman, amant présumé de Mélina Coulomier, agent d'assurance à Lille, rue des Lilas.*

— Regarde, dit enfin Sonia, cette petite broche accrochée au veston…

— Oui, et alors ?

— Alors…

Sonia se pince les lèvres. Le cœur battant, elle demande :

— Quand tu as déménagé, après la vente de la maison de Lembras, qu'est-ce que tu as fait de ce qui se trouvait dans ma chambre ?

— Tout est aux ordures. Je voulais faire place nette. Pardonne-moi, mais je t'en voulais tellement !

— Je te comprends, accepte Sonia qui ne cache pas sa déception. D'ailleurs, ce que je cherche n'avait aucune chance d'y être. Après le crime et la perquisition des policiers, je n'ai pas remis les pieds dans ma chambre.

La scène est maintenant très précise dans l'esprit de Sonia. Après avoir vu son père s'enfuir, Guyla, surgi d'un fourré, lui a parlé puis s'en est allé en lui demandant de le rejoindre le soir même. Seule, transie de peur, elle a longé le ruisseau pour regagner sa voiture. Après le pont, son regard s'est porté sur un objet brillant entre les feuilles mortes. Elle a pris le temps de le ramasser, et cet objet, elle le retrouve sur la photo, accroché au veston d'un certain Abel Bréhman. Serait-ce une coïncidence ?

— Mais tu vas me dire ce que tu viens de découvrir ? demande Angélique à bout de patience.

Elle hésite. La sonnerie de son téléphone la fait sursauter. C'est François.

— Les filles veulent te voir. Je n'ai pas eu le cœur de leur dire non. Viens les chercher ce soir à la sortie de l'école. Tu me les ramèneras deux heures plus tard.

— Comme tu me fais plaisir ! s'exclame Sonia. Quel bonheur tu me donnes !

François a déjà raccroché. A-t-il entendu ses derniers mots ? Sonia voit dans cet appel un changement d'attitude de son mari. Les larmes aux yeux, elle range les photos. Angélique a compris et demande :

— J'espère, moi aussi, pouvoir rencontrer mes petites-filles.

Sonia le souhaite, mais tout dépend de François. Elle murmure :

— On trouvera une solution.

Elle se lève et, dans un élan spontané, serre sa mère dans ses bras en lui murmurant :

— Je vous ai fait tant de mal à tous ! C'est à moi de réparer, de recoller les morceaux, de panser les blessures.

— Je ne t'en veux plus, réplique doucement Angélique.

Sonia consulte sa montre. C'est l'heure pour elle de retourner à son cabinet. Elle prend son sac, embrasse encore sa mère et sort. Ce soir, elle va rencontrer ses filles, cela suffit à lui redonner le moral.

Elle retourne à Saint-Émilion. Stéphanie a profité des quelques jours de congé de Sonia pour rester chez elle. La secrétaire ne compte pas ses heures et la kiné lui laisse entière liberté pour organiser son emploi du temps. Sonia profite de cette absence pour se consacrer à ses propres affaires en toute discrétion. Elle commence par chercher l'adresse de l'assureur Abel Bréhman à Lille, mais n'obtient aucune information.

Ce qui lui semblait aisé se complique. En désespoir de cause, elle appelle le détective Charon, en espérant qu'il n'a pas déménagé et qu'il est toujours en activité. Une voix grave lui répond.

— Monsieur Charon ? Je suis la fille du docteur Franck Modalès pour qui vous avez travaillé autrefois.

— Je me souviens très bien. Comment oublier ? Qu'est-il devenu, ce cher docteur ? Je crois savoir qu'il a été innocenté.

Sonia le détrompe et lui résume brièvement la situation. Elle voudrait contacter un personnage dont elle a vu la photo dans le dossier que le détective avait constitué.

— Il s'agit d'Abel Bréhman, amant supposé de Mélina Coulomier, précise Sonia. Il était agent d'assurance, mais je ne trouve pas ses coordonnées sur Internet.

— Un drôle de loustic, précise Charon. Un panier percé ! Il a fait plusieurs fois faillite.

— Vous avez son numéro de téléphone ?

— J'ai peut-être ça quelque part. Attendez un instant.

Sonia a de la chance. Charon a conservé le portable d'Abel Bréhman.

— Mais que lui voulez-vous ? demande le détective. Je me souviens que lors de l'enquête, les policiers l'ont entendu et qu'ils n'ont rien retenu contre lui. Il a dit que sa relation avec Mélina était terminée depuis plusieurs années. Et puis, il n'avait aucun mobile…

— Certes, admet Sonia, pensive.

— Ce gars-là est un grand amateur de femmes, poursuit Charon, mais je ne le crois pas assez courageux pour tirer sur quelqu'un. C'est un bon à rien assez beau garçon au demeurant, mais il aime trop la fête pour réussir en affaires.

Sonia le remercie. Il ne lui reste plus qu'à agir. Elle compose le numéro donné par Charon.

— Monsieur Bréhman ? Je souhaiterais vous rencontrer pour une assurance...

— Avec plaisir, madame, répond son interlocuteur. Cependant, je me permets de vous demander quelques précisions, compte tenu de ma spécialité. Vous savez peut-être que je n'assure que les œuvres d'art, bijoux ou le mobilier ancien...

— C'est exactement pour cela que je vous appelle. Mais il s'agit d'une assurance un peu particulière.

— J'ai bien compris. Disons demain matin, vers dix heures à mon bureau, 10, rue Poncelet à Lille.

— Je préférerais en fin d'après-midi.

— Alors, vers dix-neuf heures. Nous serons plus tranquilles pour bavarder.

Il lui reste encore deux heures avant d'aller retrouver les filles. Sonia en profite pour préparer son voyage à Lille. L'avion serait le plus confortable, mais c'est compliqué. Elle finit par réserver un billet de TGV : départ à 4 h 30 de Bordeaux pour arriver à Paris à 7 h 40 et à Lille vers onze heures.

Sonia, impatiente de serrer Caroline et Marine dans ses bras, tourne en rond. Elle va se promener en ville, mais le temps ne passe pas. Vers seize heures, elle revient à son cabinet, se prépare comme si elle se rendait à une fête. Elle pourrait aller à l'école à pied, mais préfère sa voiture pour emmener les filles au centre-ville. Le temps est beau et chaud, c'est une superbe journée d'automne. Les feuilles jaunies éclatent dans une lumière qui s'épaissit.

Elle roule très lentement, ce qui ne l'empêche pas d'arriver en avance à l'école. Elle s'arrête devant la grille fermée, surveillant les véhicules qui viennent se garer près du sien...

Les minutes s'écoulent lentement et Sonia brûle d'impatience. Elle éteint son téléphone, redoutant un appel qui viendrait perturber son bonheur.

Enfin, la sonnerie retentit. Sonia descend de son véhicule et repère ses deux filles dans la cohue. Elles l'aperçoivent, se précipitent vers elle, les bras tendus, encombrées par leurs cartables trop lourds.

— Maman !

Sonia embrasse Caroline et Marine, puis pour éviter de se donner en spectacle, demande aux enfants de la suivre à l'écart.

— Tu nous emmènes où ? questionne Caroline en montant dans la Peugeot à côté de sa mère, privilège de son âge alors que Marine doit rester sur la banquette arrière.

— On va aller manger des gâteaux et des glaces, mais nous n'avons pas beaucoup de temps, papa va vous récupérer dans deux heures.

Les fillettes se renfrognent. Marine n'a toujours pas compris pourquoi sa mère ne vivait plus à la maison. Caroline ne veut pas en parler.

Elles entrent dans un salon de thé, commandent des pâtisseries, et une glace, puis un grand verre de Coca, boisson interdite au château Dorliac.

— Hier, papa était malade, dit Marine avec sa petite voix fluette. On l'a trouvé couché sur son lit avec un grand verre de médicament.

— Tais-toi, s'emporte Caroline qui n'aime pas la manière dont sa sœur raconte l'épisode de la veille.

— Il avait oublié de nous dire bonsoir, poursuit la fillette, alors on a attendu que grand-maman soit dans le salon pour se lever sans bruit et revenir dans notre maison. On a trouvé papa allongé sur le lit avec le verre de médicament. Il faisait une drôle de tête.

— Mais tu vas te taire ! répète Caroline en menaçant sa sœur.

Marine boude. Sonia attire la fillette contre elle et l'embrasse sur le front.

— C'est rien, ma chérie. Papa travaille beaucoup en ce moment.

— Et puis j'ai bien vu qu'il s'est disputé avec grand-papa.

Sonia sursaute. Est-ce possible ? Ce serait une très bonne nouvelle.

— Oui, insiste la fillette. Ils vont chacun de leur côté, ils se croisent sans se regarder !

Après avoir mangé des glaces et des gâteaux, et comme il reste un peu de temps, Sonia emmène Caroline et Marine se promener dans un parc public où elles jouent à se poursuivre le long des allées. Le temps passe très vite. La nuit tombe.

— Nous devons rentrer. Papa vous attend.

— Je veux que tu viennes avec nous ! crie Marine.

Elles retournent au parking devant l'école. Sonia remarque que François a pris soin de se garer assez loin. Il marche lentement à leur rencontre. Caroline et Marine tiennent chacune une main de leur mère et ralentissent leur allure, peu pressées de partir.

François s'arrête à quelques mètres. Sonia prend le temps de le dévisager. Les traits tirés, son attitude triste montrent son grand désarroi. C'est elle qui parle en premier :

— Bonsoir, François. Je les ai emmenées goûter. Elles ont mangé une glace.

— Très bien. Allez, on rentre.

— Non, s'emporte Marine avec la franchise de son jeune âge. Je veux rester avec maman.

— C'est impossible, tu le sais bien.

François s'approche pour lui prendre la main, alors la

fillette s'échappe et se blottit contre sa mère. Caroline, en retrait, ne dit rien, mais son visage sombre montre qu'elle est du côté de sa sœur. Sonia en profite pour s'approcher de François, si près qu'il recule d'un pas.

— François, est-ce bien vrai que tu t'es disputé avec ton père ? Ton projet pour le Chili…

— Ce n'est pas le moment d'en parler.

— Je t'en prie, cesse de t'obstiner, insiste Sonia sur le ton de l'exaspération. Tu rends tout le monde malheureux.

Il hésite. Le trait a touché la cible.

— Aie au moins le courage de m'écouter.

— À la maison ! dit-il sans lever les yeux sur Sonia.

— Sache que j'avance, poursuit-elle. Je pars à Lille cette nuit. J'espère aboutir à quelque chose.

— Va où tu veux ! réplique François, les dents serrées.

— Tu n'es qu'une tête de mule ! Tu me déçois beaucoup ! J'ai eu tort de croire qu'on pouvait être heureux tous les deux !

François a un mouvement du visage qui montre son embarras. Comme il ne trouve pas de réponse, il prend d'autorité la main de Marine et l'oblige à monter dans sa voiture. Résignée, Caroline grimpe à son tour et fait un petit signe à sa mère. La voiture démarre. Sonia revient à son cabinet en attendant de partir à la gare de Bordeaux.

À Paris, Sonia a peu de temps pour aller de Montparnasse à la gare du Nord. Elle prend un taxi qui se fraie un chemin dans les rues encombrées. Les couloirs réservés aux transports en commun ne permettent guère d'aller plus vite. Le jour se lève sur une ville bruyante et abondamment éclairée. Sonia court jusqu'aux quais, cherche son train sur les panneaux lumineux. Une fois installée à sa place, il lui semble qu'elle a quitté Bordeaux depuis une éternité et qu'elle vient d'arriver dans un pays étranger.

Le TGV roule à grande vitesse dans la plaine de Picardie. La jeune femme constate la richesse de ce terroir : vastes champs labourés, villages opulents dans une plaine sans fin où tout se ressemble. Sonia pense à ses filles qui doivent prendre le chemin de l'école. Pauvre François ! Sonia regrette de lui avoir parlé aussi durement.

Une heure déjà s'est écoulée depuis son départ de Paris. Le train entre dans les faubourgs de Lille. Autour de Sonia, les voyageurs prennent leurs bagages et se dirigent vers la porte. Elle se place dans l'allée. Une fois sur le quai, elle doute. Puis, décidée d'en finir au plus vite, elle prend son portable.

— Monsieur Abel Bréhman ? C'est Sonia Dorliac. Oui, je vous ai appelé hier, nous avons rendez-vous ce soir…

Mais il se trouve que j'ai pu me libérer plus tôt et que je suis à Lille.

Sonia n'oublie pas que Bréhman est intéressé par les affaires faciles et que c'est un amateur de belles femmes. L'amant de Mélina Coulomier n'est plus tout jeune, même si d'après les photos il avait facilement dix ou quinze ans de moins que sa maîtresse. Sonia espère profiter de ses faiblesses pour accélérer les événements, car elle n'a qu'une hâte : repartir, quitter cette ville où elle se sent mal à l'aise.

— J'ai un rendez-vous à 11 heures, répond l'assureur, mais j'aurai fini vers midi. Voulez-vous que nous déjeunions ensemble ?

C'est ce qu'elle espérait. Durant le déjeuner, les occasions seront plus nombreuses de mener à bien son projet que lors d'une rapide rencontre dans un bar.

— Ce sera avec plaisir... Dites-moi où je dois vous rejoindre.

Il donne une adresse au centre de Lille. Sonia est heureuse de ce rendez-vous avancé qui va lui permettre de rentrer dans l'après-midi. Il lui reste une heure pour aller flâner et trouver des cadeaux pour ses filles.

Elle s'éloigne au hasard des rues grouillantes de vie. Il fait beau et doux. Sonia consulte son portable, espérant un mot de François, mais François n'a pas le temps de lui écrire : il est dans les vignes, aux ordres de son père.

Vers midi, elle cherche un taxi pour se rendre au restaurant où l'attend Abel Bréhman. Celui-ci ressemble à la photo prise quinze ans plus tôt. Son visage s'est un peu creusé, mais cela lui va bien. C'est un bel homme aux cheveux épais et naturellement ondulés. Il invite Sonia à prendre place en face de lui, commande une coupe de champagne et commence à parler de Lille, de cette ville merveilleuse que les Parisiens ne connaissent pas, de son travail souvent très délicat :

— Mon métier est un peu particulier. Je suis spécialisé dans les objets de valeur, œuvres d'art, tableaux, pièces de monnaie, meubles anciens, un investissement sûr dans ces temps difficiles, précise-t-il. Les clients apprécient la discrétion de mon équipe.

— On me l'a dit, et c'est exactement ce que je cherche. Je ne veux pas m'assurer à Paris, c'est trop voyant.

Il a un petit sourire indiquant une complicité indispensable dans ce genre de transaction. Un garçon apporte les menus. Bréhman sort une paire de lunettes de sa poche intérieure.

— Nous parlerons affaires à la fin de ce repas que je me réjouis de partager avec vous. Mais je suppose que si vous avez fait appel à mes services, c'est que quelqu'un a guidé votre choix !

— Vous me permettrez de rester discrète à mon tour. Je dois cependant vous dire que l'assurance va porter sur des tableaux de maître dont je viens d'hériter, un Picasso et deux autres toiles de la Renaissance, le tout estimé à un million d'euros.

Le regard de Bréhman s'illumine.

— C'est exactement le genre d'affaire que je traite habituellement. Mais prenons le temps de faire connaissance. Votre accent m'indique que vous avez vécu dans le Midi ?

— Le Sud-Ouest. Ma famille est des environs de Bergerac.

— Et vous vivez à Paris ?

Elle a une petite hésitation qu'il perçoit, et se rattrape :

— Je suis kinésithérapeute. J'ai un cabinet dans le Bordelais. Toutefois ma situation familiale ayant changé, je désire m'installer à Paris.

— Vous voulez dire que vous allez déménager ?

— Oui, je suis en procédure de divorce et je veux tourner la page. En même temps, j'ai hérité d'un bel appartement à Paris : un oncle décédé récemment et c'est de lui que viennent les tableaux...

Ils bavardent ainsi tout en appréciant le repas servi dans ce bon restaurant lillois. Bréhman explique que c'est un des plus courus de la ville, mais les établissements de qualité ne manquent pas. Sa région a mauvaise réputation et c'est dommage. On vit très bien ici. Les Cht'is sont très accueillants et les affaires marchent plutôt mieux que dans le reste du pays. Ensuite, il parle de lui, abondamment et avec complaisance, comme pour se mettre en valeur devant cette belle divorcée qui ne le laisse pas indifférent. Sonia fait semblant de s'intéresser, sourit, se rend aussi agréable que possible tout en cherchant le moyen d'arriver à ses fins : s'emparer discrètement de quelque chose sur lequel se trouve l'ADN de Bréhman.

Le garçon vient d'apporter une entrecôte avec sa sauce à l'échalote. Sonia tranche sa viande et remarque :

— Ce n'est pas assez cuit. Mais je n'ose pas demander qu'on repasse cette viande à la poêle. Regardez, le restaurant est bondé et les serveurs n'ont pas le temps de...

— Je m'en occupe, crâne Bréhman, je suis un peu chez moi ici.

Il se détourne et fait signe au garçon. Sonia profite de cette diversion pour dérober un quignon que l'homme a mordu.

Bréhman ne s'est aperçu de rien. Sonia a obtenu ce qu'elle était venue chercher à Lille, si loin de Saint-Émilion et de Bergerac. Maintenant, elle n'a plus rien à faire avec ce bellâtre un peu fané.

On rapporte sa viande recuite. Mais la jeune femme n'est plus désormais disposée à écouter les boniments de Bréhman. L'assureur s'en aperçoit et se fait encore plus prévenant. Elle s'excuse :

— J'ai du mal à me relever de ce mauvais moment de

ma vie. J'ai ainsi des accès de mélancolie... Pardonnez-moi, je crois que je vais rentrer.

Il n'insiste pas. Le séducteur a appris la patience auprès des jolies femmes. La fin du repas est moins enjouée. Sonia prétexte un malaise :

— J'ai besoin d'aller prendre l'air. J'ai retenu un hôtel, je vais aller me reposer un peu. Je peux passer à votre bureau ce soir, comme nous l'avions prévu.

— Je comprends parfaitement, fait Bréhman. Puis-je vous reconduire à votre hôtel ?

— Non, j'irai à pied, cela me fera du bien de marcher et je vais profiter de votre belle ville. Merci pour cet excellent déjeuner. À tout à l'heure !

Sonia s'éloigne rapidement, puis elle cherche un taxi pour l'emmener à la gare. Elle ne veut pas perdre une minute de plus dans cette ville. Pourvu que le morceau de pain contienne ce qu'elle en attend !

Un TGV part dans une demi-heure pour Paris. Parfait ! La jeune femme réussit à avoir un billet et quitte cette ville qu'elle n'a pas pris le temps de visiter. La fatigue plombe ses jambes, mais ce n'est pas grave.

Sonia arrive à Bordeaux tard dans la nuit, exténuée. Elle retrouve sa voiture avec satisfaction. Abel Bréhman a laissé plusieurs messages sur son répondeur, elle les supprime sans les écouter.

À son cabinet, elle s'allonge sur le divan des patients et s'endort profondément. Le grincement de la porte d'entrée lorsque Stéphanie arrive la réveille brusquement. Elle prend à peine le temps de raconter son expédition et fonce au commissariat de Bergerac. Le commissaire Blénin la reçoit froidement sans cacher sa lassitude. Elle lui tend le croûton emballé dans un mouchoir.

— Savez-vous où je suis allée chercher ce morceau de

pain ? demande la jeune femme avec un petit air de défi. À Lille !

— Après le mégot, c'est dans l'ordre des choses ordinaires que me soumettent les enquêteurs amateurs, répond Blénin. Franchement, vous pensez que la police n'a rien d'autre à faire ?

Sonia retient un mouvement d'humeur. Son visage se contracte ; enfin, elle dit sur un ton calme qui montre malgré tout son exaspération :

— La police a beaucoup à faire, certes, mais un homme a disparu à cause d'une erreur judiciaire et cet homme, c'est mon père.

Blénin comprend qu'il a parlé un peu vite et se force à sourire, ce qui enlaidit son visage glabre.

— Il faut aussi que je vous dise ce qui m'a conduit vers Bréhman, l'amant supposé de Mme Coulomier.

— Je vous écoute.

— Figurez-vous qu'après avoir vu mon père s'éloigner du lieu du crime comme s'il fuyait, je suis allée vers ma voiture en suivant le chemin et en passant le pont au bout de la cour des Coulomier.

— Cela, on le sait, vous nous l'avez déjà dit, lors de l'enquête.

Sonia poursuit :

— En marchant, j'ai trouvé une petite broche qui brillait entre les herbes sèches. Et puis, les événements ont fait que je n'y ai plus pensé et qu'elle est perdue.

— Très bien, fait le policier dont l'intérêt s'éveille, car il sait que beaucoup d'affaires criminelles ont pu être résolues par des détails de ce genre. Mais si vous avez égaré l'objet, ce sera difficile d'appréhender son propriétaire car je suppose que c'est, selon vous, le criminel qui l'a laissée tomber.

— Oui, c'est le criminel et avant-hier, en feuilletant des

photos commandées par mon père à un détective privé, j'ai découvert ça !

Elle sort de son sac le cliché d'Abel Bréhman déniché dans le dossier exhumé par sa mère.

— C'était cette broche.

— Ce n'est pas suffisant pour le confondre, dit Blénin. Des broches semblables, il a dû en exister des milliers.

— Justement, je suis allée à Lille pour rapporter l'ADN de Bréhman. Il a mordu dans ce morceau de pain. Son ADN doit être comparé à celui trouvé sur la crosse du pistolet.

L'affaire connaîtrait-elle un véritable rebondissement ? Malgré son agacement, Blénin serait ridiculisé si Sonia découvrait la vérité. Aussi, le policier s'engage-t-il à faire analyser le quignon posé sur son bureau.

— Rappelez-vous que le coupable est désormais hors d'atteinte, précise-t-il.

— Mais sa culpabilité doit être reconnue par la justice et celui qui a été accusé à tort doit être réhabilité.

— En effet, madame. D'ailleurs avez-vous des nouvelles de votre père ?

— Hélas non.

En proie au doute, Sonia retourne à son cabinet. Pourquoi Abel Bréhman aurait-il assassiné les Coulomier ? D'après le rapport du détective Charon c'est lui qui aurait rompu avec Mélina avant le départ du couple pour le Sud-Ouest. La page était donc tournée ! La peur de s'être encore trompée et d'avoir perdu beaucoup de temps oppresse la jeune femme qui dit à Stéphanie :

— Je vais reprendre le travail. Téléphone à mes patients que je devais voir hier et avant-hier à domicile et demande-leur si je peux passer chez eux ?

Stéphanie regarde Sonia avec curiosité et constate :

— Tu as l'air tellement fatiguée… Tu ne crois pas que tu devrais te reposer un peu ?

— Non, je veux travailler pour ne plus penser à rien. Et ce soir, j'irai attendre mes filles à l'école.

— À ce propos, as-tu pensé à prendre un avocat pour ton divorce ?

Le regard que Sonia lance à Stéphanie en dit long sur ses intentions :

— J'ai pris une avocate, mais c'est pour refuser la séparation puisque je n'ai rien à me reprocher.

— Je doute que ce soit facile de le prouver !

Trois jours sont passés. Sonia a emménagé chez Stéphanie en l'assurant qu'elle n'abusera pas de son hospitalité :

— Je vais chercher quelque chose, c'est promis.

Mais elle n'arrive pas à se décider. Louer un appartement serait accepter la séparation avec François, ce serait tourner une page de vie et elle ne peut pas l'admettre. Elle attend avec impatience les résultats de l'ADN qui tardent.

Un soir, François accepte de nouveau de lui confier les filles. Comme la fois précédente, elle les emmène manger des gâteaux et des glaces, puis elles vont se promener. Dans le parc public, Marine refuse de lâcher sa main pour aller courir avec sa sœur.

— Elle pleure tout le temps, rapporte Caroline. À la moindre remarque et souvent pour rien… Grand-maman dit qu'elle fait des caprices…

Sonia presse Marine contre elle, la gorge nouée.

Au moment de la séparation, il faut encore arracher la fillette de sa mère. Sonia regarde le véhicule s'éloigner lentement. La sonnerie de son téléphone la surprend. Le souffle court, elle porte l'appareil à son oreille.

— Allô, madame Dorliac ?

Sonia a reconnu le commissaire Blénin. La gorge sèche, elle acquiesce d'une voix étranglée comme si sa vie se jouait à cet instant

— J'ai les résultats des tests ADN. Cela n'a pas été facile.

Le commissaire n'est pas pressé et n'en finit pas de multiplier les détails. Les experts du labo ont bien cru ne pas y arriver, puis finalement le résultat est tombé, précis, incontournable :

— C'est bien l'ADN trouvé sur l'arme de votre père !

Elle pousse un cri de joie. Sa première victoire. La voilà tout à coup soulagée, heureuse, certaine que tout va s'arranger.

— Je vais donc faire mettre en garde à vue Abel Bréhman qui sera transféré au commissariat de Bergerac. Je l'interrogerai, mais je vous le répète, je ne pourrai pas l'inculper.

— Cependant, le tribunal va devoir statuer sur l'innocence de mon père, rappelle Sonia.

— Bien sûr, un nouveau procès va avoir lieu et votre père sera innocenté et rétabli dans ses anciennes prérogatives.

— C'est ce que je voulais, le reste n'a pas d'importance.

Sonia repart le cœur léger. Elle pense alors avertir François et lui écrit un SMS en espérant qu'il le lira jusqu'au bout : *J'ai enfin trouvé le meurtrier des Coulomier. Mon père est innocenté. Je redeviens fréquentable.*

Cela change tout ! Elle tient sa revanche sur Paul et Jeanne qui ont toujours rejeté la fille du meurtrier de Lembras. L'honneur retrouvé de son père la réhabilite dans le monde fermé des grands producteurs de vin.

Sonia prend la route de Bergerac, pour partager cet instant de bonheur avec sa mère. Elle roule vite, se fait flasher par un radar, mais ne ralentit pas. Angélique se précipite dans ses bras en sanglotant. Sonia s'étonne :

— Que se passe-t-il ? Je t'apporte une nouvelle qui va te rendre heureuse.

— Les nerfs qui lâchent… Voilà quatorze ans que j'attends ce moment et maintenant qu'il arrive, je suis perdue, je ne sais plus ce qu'il faut faire !

— Mais tu es au courant ?

— Oui, le commissaire Blénin vient de me téléphoner. Il semblerait qu'enfin ton père va être innocenté.

Sonia raconte à sa mère comment un insignifiant détail lui a permis de remonter jusqu'à Abel Bréhman.

— Et puis je suis allée jusqu'à Lille pour le rencontrer et prélever son ADN à son insu !

Radieuse entre ses larmes, Angélique étreint sa fille.

— Je n'y croyais pas, je te l'avoue. Tu viens de me faire un cadeau inespéré.

Maintenant, c'est Sonia qui sent les larmes brouiller ses yeux. Elle a rendu à sa mère ce qu'elle lui devait, mais qui va la récompenser, elle ?

Le soir, elle ne peut échapper à l'invitation au restaurant d'Angélique « pour fêter ça ».

— Le plus dur est à venir, soupire-t-elle. Comment faire savoir à ton père qu'il va être disculpé ?

— La nouvelle doit être publiée dans tous les journaux. Avec un peu de chance...

Sonia ne peut s'empêcher d'exprimer ce qui l'oppresse et ternit sa joie :

— Tout ceci m'a coûté mon couple ! Mes filles sont malheureuses, François ne veut plus me voir. La facture est salée.

Angélique réplique à sa manière, souvent spontanée :

— Finalement, Guyla ne t'a pas servi à grand-chose ! Tu pouvais très bien agir autrement !

Sonia accuse le coup et baisse la tête, meurtrie. Angélique comprend son erreur :

— Pardonne-moi, je n'avais pas envie de te blesser.

— Sans lui, j'aurais laissé tout ça de côté, comme je le faisais depuis quatorze ans. C'est pour reconquérir François que j'ai voulu aller au bout.

L'homme bâille, se redresse sur les coudes et jette un regard autour de lui. Chaque matin, c'est la même chose. Réveillé avant le jour par le passage du camion-poubelle, il est constamment dérangé par le va-et-vient des employés du magasin proche. Il habite un réduit, une sorte de débarras transformé en logement. Peu de commodités : un lavabo, une antique cuisinière à gaz, un matelas posé sur le sol qu'il faut plier pour dresser la petite table et s'asseoir sur la chaise bancale récupérée chez Emmaüs. Les toilettes sont au fond du couloir. Une seule lampe électrique, et pour unique fenêtre, un hublot crasseux qui s'ouvre sur la ruelle où ne filtrent jamais les rayons du soleil.

Il se lève toujours à la même heure. Ses journées sont identiques depuis des années. Il donne un coup de main à l'association de quartier Les Restos du cœur, et s'occupe des misérables jetés à la rue, les soigne parce qu'il fut médecin dans son ancienne vie. Cela lui suffit pour se nourrir et payer le modeste loyer de son galetas. Personne ne connaît son nom, on l'appelle souvent Doc' Misère. Il n'a pas de papiers, c'est un homme de nulle part...

Il s'est réfugié ici il y a déjà cinq ans, bien décidé de finir sa vie dans l'anonymat des trottoirs parisiens. Il ne voulait surtout pas qu'on le retrouve, ni qu'on l'identifie.

Et puis, il a découvert le monde parallèle des SDF, des sans-nom, des intouchables. Désormais, vêtu comme eux, parlant leur langage appris en prison, il leur consacre tout son temps.

Il se redresse, se met lentement sur ses jambes, allume la gazinière pour faire chauffer son café. Autrefois, c'était probablement un homme de taille moyenne, peut-être assez trapu, mais ses épaules se sont affaissées, son dos s'est voûté, il ressemble à un vieillard avec sa barbe qu'il ne taille plus, ses cheveux blancs qui tombent en épis de chaque côté de son visage dont on ne voit que les yeux tristes sous un front ridé.

Il s'ébroue, tousse. Après avoir bu son café, il se passe un peu d'eau sur le visage et sort. Sur sa droite, la tour Montparnasse se dresse dans le ciel clair, symbole de l'orgueil et de la démesure humaine. Il traverse la place, se dirige vers la bouche de métro. C'est son habitude : chaque matin, avant d'aller travailler, il va chercher le journal gratuit. Lui qui a disparu du monde n'a pas réussi à se désintéresser de la vie. Lire un journal qui ne lui coûte rien reste l'un de ses derniers plaisirs, même si les nouvelles le révoltent souvent.

Il prend *Métro* et revient chez lui, se verse un autre bol de café qu'il boira froid en parcourant le journal. Ensuite il ira à l'association qui l'emploie. Sur les indications du permanent, il se rendra auprès des SDF dont le très mauvais état de santé nécessite sa visite.

Il s'est obstiné à garder une certaine dignité parce qu'il n'a jamais perdu confiance. En prison, au plus profond de son désespoir, Doc' Misère a découvert une étoile lointaine, un grain de lumière qui ne le quitte plus : la foi et le sens du monde. Dans son existence antérieure, il repoussait toujours à plus tard les questions de spiritualité. Maire de sa petite commune, il visitait ses patients, fermement convaincu que le monde s'arrêtait là où la science ordinaire et sa réflexion avaient posé des limites. En prison, subissant l'injustice qui le frappait, il s'était trouvé en face d'un inconnu : lui-même. Alors sa vie de microbe lui était apparue comme un détail important d'une harmonie générale.

Il ouvre le journal tout au plaisir de la lecture qui ne l'a jamais quitté, parcourt les gros titres puis les autres. Rien ne lui échappe. Doc' Misère prend son temps même s'il se sait attendu comme tous les matins vers onze heures pour commencer sa tournée dans le quartier.

Il s'intéresse à la politique bien sûr, à l'économie et les faits divers, reflets du quotidien qui se traduit souvent par des drames, des crimes, des condamnations. Un peu sa vie à lui, émiettée, transformée, mais toujours présente.

Et là, alors qu'il s'apprête à tourner la page, un titre l'arrête : *Le crime de Lembras enfin élucidé.* Son cœur s'emballe, ses doigts tremblent. Il n'y croit pas, ajuste ses lunettes. L'émotion le submerge. Serait-ce un signe, la reconnaissance de l'étoile lointaine, l'aboutissement de son chemin de croix, le pardon pour ce qu'il était autrefois, un homme presque honnête, mais tourné vers la possession et le pouvoir ? Il n'ose pas relire l'article, redoutant une seconde condamnation plus grave encore que la première.

Il se décide. Sa vue a un peu baissé et ses lunettes ne sont plus adaptées, ce qui l'oblige à éloigner le journal de ses yeux. Il réussit cependant à déchiffrer :

Le double assassinat de Lembras en Dordogne vient enfin d'être élucidé. On se souvient de ces retraités originaires du Nord, assassinés le 26 septembre 1998 devant la porte de leur maison. Condamné et écroué, le docteur Franck Modalès, maire de Lembras, officier de la Légion d'honneur, a toujours nié avoir commis ce crime malgré des faits accablants : son pistolet retrouvé à proximité du lieu du crime et surtout le témoignage de sa propre fille qui l'avait vu courir vers sa voiture, juste après les coups de feu. La découverte en 2007 d'un ADN sur l'arme avait relancé l'enquête. Maître Lesuet, avocat de la défense, avait obtenu la libération de son client au bénéfice du doute. La preuve de l'innocence de Modalès vient enfin d'être établie grâce à l'identification de l'ADN inconnu. Le crime étant prescrit, le meurtrier, un certain Abel Bréhman, ne pourra pas être poursuivi. Mis en garde à vue, le suspect a fini par avouer son forfait. Le motif : les Coulomier lui réclamaient une somme d'argent investie dans une de ses affaires. Bréhman s'était rendu à Lembras pour régler à l'amiable le différend avec ses créditeurs, mai la rencontre avait mal tourné. Le climat de haine qui opposait le maire du village et les Coulomier lui avait alors donné l'idée du crime parfait.

Doc' Misère lève les yeux vers le hublot d'où provient une clarté laiteuse et réfléchit un instant. Il lave sa tasse dans l'évier, se prépare sans se presser puis sort dans la rue. Il a envie de crier son nom, lui qui n'en a plus, d'arrêter les passants pour leur raconter son histoire. Il marche en direction du local de l'association, son journal à la main.

La permanencière s'étonne de le voir arriver si tôt et, surtout, remarque sa mine réjouie, lui d'ordinaire sombre. Il brandit le journal.

— Voilà, dit-il d'une voix calme, tout est fini. Je vais devoir vous quitter.

— Vous n'y pensez pas ! On a besoin de vous, ici !

— Je retrouve mon nom et mon honneur. Sachez que je n'oublierai pas mes frères de la rue.

Il n'ajoute rien et s'éloigne. Près de la tour, en bordure de l'esplanade devant la gare, il doute de nouveau. N'a-t-il pas été victime d'une hallucination ? Alors il s'assoit au bord du trottoir et relit l'article. Une fois, deux fois et il n'est toujours pas rassuré. Si le journaliste avait mal compris ? De tels exemples ne manquent pas. Combien de fausses nouvelles sont ainsi répandues ? Plus l'événement relaté est invraisemblable, plus il a de chances de plaire ! Pourtant, après une longue réflexion, il se dit que cette vieille affaire ne serait pas revenue dans l'actualité sans un coup de théâtre, un rebondissement qui le met en lumière.

Doc' Misère replie le journal et l'enfonce dans la poche déchirée de sa veste. Il ne sait plus ce qu'il doit faire. Ce quartier de Paris où il erre depuis plusieurs années lui est devenu étranger. Son accoutrement lui pèse. En quelques minutes son attitude s'est transformée. Celui qui baissait la tête, un peu bossu, qui traînait les pieds, a retrouvé sa silhouette ancienne, bien campée sur des jambes solides, le dos droit et le regard direct.

Il se prend à rêver à sa réhabilitation. Il avait été très affecté par son exclusion de l'ordre de la Légion d'honneur. Meurtri, il s'était senti rejeté par les hommes, lui qui avait tout fait pour en gagner la confiance. Et il réfléchit à cet argent caché dans une banque suisse. Sa faiblesse, son erreur. Durant le procès aux assises, l'existence de ce compte avait pesé contre lui, mais le secret bancaire suisse étant bien gardé, personne n'avait pu savoir ce qu'il contenait. Maintenant, il pense à sa femme, Angélique. La revoir, la serrer dans ses bras, voilà sa priorité, mais avant, faire peau neuve.

Il s'accorde la matinée pour réfléchir et va marcher dans les rues en direction de la porte d'Orléans. Son corps a retrouvé une vivacité qu'il croyait avoir perdue depuis longtemps. Tremblant, il passe plusieurs fois devant la porte d'une banque. C'est là que commence sa renaissance.

Pourtant, il se donne le temps de profiter du soleil d'automne, de la douce chaleur. Il tremble encore : le doute n'a pas quitté son esprit. Avec le temps, le condamné s'est habitué à sa culpabilité et s'est souvent demandé s'il n'avait pas véritablement tué les Coulomier.

Il doit entrer dans la banque, première étape, mais le clochard a beau appuyer sur la sonnette pour obtenir l'ouverture de la porte, les employés ne le regardent même pas. Alors, il insiste. Enfin, après plusieurs tentatives, un jeune homme cravaté sort et le chasse :

— Qu'est-ce qui vous prend ? Vous ne voyez pas que vous gênez les clients ?

— Je suis un client. Je viens régler une affaire de la plus haute importance.

L'employé est étonné par le ton ferme qui n'est pas celui d'un clochard ordinaire.

— Quelle affaire ?

— Je veux entrer en contact avec la banque Murin à Genève.

Le jeune homme marque sa surprise.

— La banque Murin ? Mais c'est une banque d'affaires. Que lui voulez-vous ?

— J'ai un compte chez eux. J'ai le mot de passe, le numéro, tout ce qu'il faut pour faire transférer chez vous une somme d'argent dont j'ai besoin.

L'employé hésite. Ce malandrin n'est-il pas en train de lui monter un coup ? Les mythomanes qui se prennent pour des héritiers déchus ne manquent pas, pourtant, l'assurance de cet homme, son regard franc l'incitent à lui prêter un peu d'attention.

— Bon, entrez.

En même temps, l'employé se demande s'il n'est pas en train de commettre une bêtise. Ses collègues ne cachent pas leur étonnement. Une fois la porte fermée sur les regards curieux, Doc' Misère griffonne un numéro de téléphone.

— Demandez monsieur Voirin, c'est avec lui que je faisais affaire autrefois.

Quelques instants plus tard, M. Voirin répond à son collègue parisien.

— Qui dois-je annoncer ?

— Le docteur Franck Modalès.

Il ajoute les numéros de son compte et le mot de passe. Voirin annonce à Modalès que l'argent placé quatorze ans plus tôt a fructifié et qu'il dispose désormais d'une somme rondelette.

— Cela n'a plus d'importance. Je vous demande de transférer deux mille euros sur le compte que je vais ouvrir à l'instant dans cette banque parisienne. Pour le reste, je vous donnerai ultérieurement toutes les indications.

Modalès ressort de la banque avec mille euros en poche, largement plus qu'il n'en faut pour retrouver son ancienne apparence. Il prend l'avenue du Maine, franchit la porte du premier magasin de vêtements. La vendeuse le regarde avec appréhension : ce n'est pas la première fois qu'un laissé-pour-compte tente de l'amadouer pour obtenir quelques habits. D'ordinaire, elle les reçoit bien, mais cette année, ses ventes en baisse lui interdisent de faire l'aumône.

— Madame, dit le visiteur, ne vous fiez pas aux apparences. J'ai de l'argent, je viens acheter de quoi me vêtir décemment.

La patronne demande aux deux employées de s'occuper de lui. Elles ne mettent pas longtemps pour lui trouver un pantalon, une chemise, une veste et des sous-vêtements.

Il paie puis sort. Dans la plupart des cas, quand des SDF arrivent chez elle avec une grosse somme d'argent, la commerçante avertit la police, mais cette fois, elle n'en fait rien.

Le docteur Franck Modalès entre ensuite dans un hôtel et demande une chambre. En voyant l'accoutrement de ce curieux client, le garçon de la réception réplique :

— Elles sont toutes occupées.

— Je peux payer à l'avance, insiste Modalès. Je ne resterai que le temps de prendre une douche, de me raser, ce ne sera pas long.

Il pose sur le comptoir deux billets de cinquante euros. L'homme ne trouve pas d'argument pour le rejeter et lui tend une clé.

— Chambre 206, deuxième étage.

Modalès monte par l'escalier, car il n'est plus pressé. Chaque instant de sa renaissance doit être savouré à sa juste valeur, celle que lui confèrent cinq années de précarité. Installé dans la chambre, il s'émerveille du confort, de l'ordre. La furieuse envie de se jeter sur le lit, de se vautrer comme un enfant, le fait sourire. Sans perdre de temps, il pose ses vieux vêtements, se douche et se rase. Cette barbe grise qu'il ne coupait plus parce qu'elle masquait son visage doit laisser la place nette. Il redevient l'homme d'avant, l'austère docteur Modalès qui va retourner à Lembras la tête haute. Sa famille lui a tant manqué, mais il ne voulait pas la salir de sa présence. Qu'est devenue Sonia, la fille rebelle ? A-t-elle des enfants ? Et Angélique ? Les années ont sûrement un peu flétri son visage, mais ces marques du temps les uniront plus fortement que jamais. À moins qu'elle n'ait refait sa vie après sa disparition ?

Une fois rasé, vêtu correctement, le docteur quitte sa chambre. Il a plié en ballot ses anciens habits et s'en débarrassera dans une benne à ordures.

Sa transformation surprend le garçon de la réception. Modalès lui rend la clé avec un léger sourire.

— Voilà, dit-il, ce qui sépare un miséreux d'une autre personne : quelques coups de rasoir, une bonne douche et des vêtements propres qui le rendent invisible dans la foule.

— Oui, vous avez certainement raison ! dit l'hôtelier à court d'argument.

Dans la rue, Modalès s'attarde, observe les passants et savoure son anonymat retrouvé. Il se dit qu'avant de partir pour Bergerac, il doit se rendre en un lieu qu'il a beaucoup fréquenté pendant ces années parisiennes et qui lui a permis de renaître. Il pourrait prendre un taxi, mais le plaisir de marcher dans des chaussures neuves, de sentir le bon tissu de son pantalon contre ses mollets, de mettre les mains dans les poches comme un passant quelconque le remplit de bonheur. Il redécouvre Paris avec les yeux du provincial qu'il n'a pas cessé d'être, en mesure le charme qui lui avait échappé.

Il traverse la Seine au pont d'Arcole en regardant couler l'eau assez basse en cette fin de saison. Il n'avait jamais remarqué la grâce du fleuve, les couleurs des bateaux-mouches, la désinvolture des promeneurs. Le voilà touriste parmi les touristes, et cela lui réchauffe le cœur.

Il s'arrête sur le parvis de Notre-Dame, contemple longuement le monument. Combien de fois est-il venu ici, au milieu des centaines de curieux sans oser aller au bout de son désir ? Il s'est toujours arrêté devant la porte, considérant que son état de proscrit n'était pas compatible avec l'endroit.

Cet après-midi, il franchit le seuil. Beaucoup de visiteurs défilent dans les allées, sous les hautes arcades. Il s'assoit sur un banc de bois. Alors, la sérénité de la cathédrale s'empare de lui, répand dans son corps une chaleur bienfaisante. Il ne pense pas, il ne prie pas, il est là, habité par la quiétude du lieu, sa grandeur, son mystère. Et cela dure longtemps. Enfin, il se lève, regarde une dernière fois l'autel lointain et murmure :

— Je ferai ce que j'ai promis.

Le sens de son séjour dans le Paris des misérables devient évident. L'argent caché en Suisse reviendra entièrement à ceux dont il a partagé la vie pendant cinq ans.

Il retourne à Montparnasse et achète un billet de TGV pour Bordeaux.

Maître Lesuet éteint son ordinateur portable et va décrocher son imperméable pendu à l'entrée car le temps est pluvieux. Lorsqu'il ne plaide pas, il rentre chez lui à pied. Cet homme un peu replet sait que le manque d'exercice lui est néfaste et il évite de prendre sa voiture pour les petits trajets quand son emploi du temps surchargé le lui permet. Ce soir, l'avocat quitte son bureau plus tôt que d'habitude pour profiter de cette soirée d'automne où la pluie réveille les odeurs de feuilles mortes.

Il décide de prolonger sa promenade et de marcher sous les tilleuls de l'allée le long du boulevard. Tout à coup, il s'arrête : un homme vient à sa rencontre et soutient son regard. Lesuet connaît ce visage mais le nom lui échappe, car celui qui s'impose à son esprit ne peut être le bon. L'avocat a rencontré tellement de personnes en trente ans de carrière qu'il ne se souvient pas de tous ! L'inconnu s'approche et lui sourit.

— Mon cher Olivier, comment vas-tu ?

Lesuet se croit victime d'une illusion. L'étonnement l'immobilise. Enfin, il serre la main tendue et sourit à son tour.

— Je ne me trompe pas ? murmure-t-il.

— Non, tu ne te trompes pas. C'est bien moi.

Alors Lesuet tape sur l'épaule de son ami et l'embrasse avec effusion.

— Pour une surprise…

— Rien ne s'oppose désormais à ce que je reprenne ma place ici. As-tu des nouvelles d'Angélique ?

— Elle va bien.

Lesuet comprend l'hésitation de Modalès et le rassure aussitôt :

— Elle t'attend. Et tout ce qui arrive, c'est grâce à Sonia qui a remué ciel et terre pour faire éclater la vérité. Personne n'y croyait, mais elle a insisté et tu vois : la chance sourit à ceux qui croient en leurs rêves.

— Angélique vit-elle toujours dans l'appartement qu'elle a acheté après la vente de notre maison de Lembras ?

— Oui. Veux-tu que je t'y conduise ?

— Non, surtout pas. J'irai seul.

Sonia se sent isolée, perdue. Depuis deux jours, sa mère ne l'a pas appelée et elle n'arrive pas à la joindre. La jeune femme se demande si elle a eu raison de remuer ciel et terre pour un si maigre résultat : son père reste introuvable et elle a perdu son mari !

Un soir sur deux, elle prend Caroline et Marine à la sortie de l'école et les emmène jouer dans le parc. Au retour, sur le parking, craignant de se trouver sans argument en face d'elle, François ne sort pas de sa voiture. Plusieurs fois, Sonia a eu envie d'ouvrir la portière, de l'obliger à lui parler. Elle s'est retenue à cause des filles.

Elle a repris son travail sans enthousiasme et loge chez Stéphanie. Hier soir, les deux femmes ont épluché les annonces immobilières pour dénicher un petit appartement. Une location provisoire, se ment-elle pour refuser la réalité.

— Je ne sais plus que faire, avoue-t-elle.

À midi, Stéphanie propose à Sonia d'aller déjeuner dans le restaurant du bout de la rue. Les deux femmes s'installent à une table en terrasse. Sonia annonce qu'elle va s'absenter dans l'après-midi pour acheter des cadeaux à ses filles. Stéphanie la regarde avec un air compatissant.

— Je comprends que tu sois malheureuse, mais je te le

répète, laisse passer un peu de temps et tout s'arrangera. Beaucoup de couples se déchirent au tout début de leur séparation et s'entendent très bien par la suite pour s'occuper de leurs enfants.

— Nous, on ne s'entendra jamais, parce que ni l'un ni l'autre n'avons envie de divorcer !

Son portable sonne. Sa mère, enfin !

— Maman, qu'est-ce qui se passe ? Voilà deux jours que je tente de te joindre. Tu n'es pas malade au moins ?

— Ne t'en fais pas, ma chérie, tout va bien ! J'avais perdu mon portable, tout comme j'ai perdu la tête !

Sonia a du mal à reconnaître la voix d'Angélique, une voix enjouée, rajeunie.

— Il faut que tu viennes, poursuit Angélique. Le plus vite possible. J'ai une incroyable surprise pour toi !

— Que se passe-t-il ?

— Je ne peux rien te dire. Viens tout de suite.

Sonia se demande ce qui peut motiver une telle précipitation. Sans réfléchir plus longtemps, elle prend la route, se contentant de ralentir à la hauteur des radars fixes.

Aucune place n'est libre dans la rue de sa mère. Sonia parcourt les environs, puis s'éloigne sur l'avenue principale. Elle abandonne enfin sa voiture dans un parking payant près du centre-ville. Cela va l'obliger à marcher, tant pis. La porte de la résidence est ouverte : une femme en tablier bleu fait le ménage dans le hall. Sonia la salue, monte les trois étages à pied, n'ayant pas la patience d'attendre l'ascenseur. Sur le palier, elle s'arrête, le cœur battant. Elle hésite avant d'appuyer sur la sonnette.

La serrure tourne avec son déclic habituel, la porte s'ouvre lentement. Alors, la vue de Sonia se trouble, elle tend une main tremblante, comme pour effacer la buée d'une vitre.

L'homme en face d'elle a un peu vieilli, mais il est toujours aussi fier ; malgré les rides, son visage n'a pas perdu de sa prestance. Avec sa veste et son pantalon de velours noir, sa silhouette semble plus fragile. Il tend les bras. Sonia hésite, puis avance et se laisse enlacer par son père.

Ils restent ainsi un long moment, sous le regard radieux d'Angélique debout à côté d'eux. Enfin, Franck Modalès recule pour admirer sa fille.

— Je te remercie ! dit-il. Si je suis là, c'est grâce à toi.

Elle pleure, Sonia. De gros sanglots soulèvent ses épaules. L'émotion est trop forte pour parler. D'ailleurs, son cerveau est vide ; la femme d'aujourd'hui vient définitivement de renouer avec l'adolescente de 1998, après avoir effacé ses erreurs.

— Je te demande pardon, murmure-t-elle.

— Non, répond le docteur de sa voix grave, tu n'as fait que ce que tu devais. Tu m'as vu, c'est vrai, courant jusqu'à ma voiture. Et je fuyais parce que j'avais la certitude que la nasse allait se refermer sur moi, voilà la faute que je n'ai pas eu le courage d'avouer au tribunal.

— Je n'aurais pas dû être là, souffle Sonia.

Elle s'écroule sur la première chaise, la respiration saccadée comme si elle allait avoir un malaise. Le docteur s'assoit près d'elle. Angélique reste toujours debout, contemplant les deux êtres qui ont été toute sa vie, enfin réunis sous son toit.

— Ta mère m'a appris ce qui s'était passé avec ton mari. Je suis donc responsable de tes difficultés, comme tu l'avais été des miennes. Je vais aller le trouver, lui et sa famille. Ils doivent savoir que nous sommes tous aussi honorables qu'eux.

Sonia ne pense pas à essuyer les larmes qui roulent sur ses joues. Elle murmure entre deux sanglots :

— Il ne veut plus me voir. Il croit que je l'ai trompé, mais je te jure que ce n'est pas vrai. Il me manque tant...

— Je sais que tu ne peux pas mentir. Je le lui dirai.

Maintenant apaisée, Sonia a l'impression d'être de trop, de ne plus avoir sa place entre son père et sa mère. Cette constatation qu'elle est désormais une femme indépendante ne l'attristerait pas si elle savait où aller.

— Il faut que je rentre... Mes patients...

— Très bien. Ce soir, ta mère et moi serons à la sortie de l'école pour accueillir nos petites-filles. C'est toi qui nous les présenteras.

Sonia embrasse sa mère, puis son père avec effusion, mesurant l'importance du lien qu'elle avait cru brisé.

Elle rentre à son cabinet où Stéphanie ne l'attendait pas encore.

— Tu as l'air très fatiguée ? s'étonne la secrétaire.

C'est vrai. Sonia se sent molle, sans force. Elle qui s'est tant battue ces derniers temps s'étonne de ne pas ressentir le grand bonheur d'avoir réussi.

— J'ai enfin retrouvé mon père !

— C'est formidable, ça !

— Oui, mais cela m'a coûté mon mari, mon ménage, ma vie de femme ! Je suis bien punie !

La haine qu'elle ressent pour Guyla à l'origine de ses malheurs se lit sur son visage. Comment le faire payer ?

— Tu sais, réplique Stéphanie, il sera puni lui-même. Crois-tu qu'il peut être heureux après tout le mal qu'il a fait ?

— Je suis certaine que cela ne l'empêchera pas de dormir ! s'emporte Sonia.

Elle rend visite à ses patients et s'arrange pour être de retour vers seize heures. À mesure que les minutes passent, elle se sent oppressée, une tenaille broie son corps. La rencontre à la sortie de l'école entre ses parents et François lui semble considérablement compliquée.

Elle prend sa voiture pour ne pas être exposée à la vue de tout le monde et attend en retrait, paralysée par l'angoisse.

Ses parents arrivent en premier, à bord d'une petite voiture bleue. Ils en descendent et regardent autour d'eux, comme pour chercher Sonia. Elle va à leur rencontre.

— Te voilà ! Je suis très émue à l'idée de voir mes petites-filles, annonce Angélique en s'accrochant au bras de son mari retrouvé.

Ils forment de nouveau le couple d'autrefois malgré le poids des années qui a ridé les visages et blanchi les cheveux.

Une autre voiture, gros 4 × 4, se gare à quelques places d'eux. Sonia se mord la lèvre inférieure et se contracte. Son père s'en aperçoit.

— Eh bien, que se passe-t-il ?

— C'est François, mon mari...

Alors sans hésiter, Franck Modalès marche vers le jeune homme qui descend de voiture :

— Monsieur Dorliac ? demande-t-il en lui tendant la main. Je suis le docteur Franck Modalès, enfin revenu d'un très lointain voyage.

Déconcerté, François aperçoit en retrait Sonia en compagnie d'une femme aux cheveux blancs, très distinguée. La prestance de Franck Modalès lui en impose. L'homme lui rappelle son propre père, mais en plus charpenté et sûrement plus ouvert aux autres. Il accepte la poignée de main.

— Voilà, poursuit, le docteur, comme vous le savez sûrement, j'ai été condamné à la suite d'une erreur judiciaire. Me voilà blanchi, rétabli dans mes prérogatives et bien décidé à profiter de la vie et de mes petites-filles.

— Elles ne vont pas tarder à sortir, bredouille François.

Quelques gouttes d'une grosse pluie d'orage martèlent les voitures.

François s'approche malgré lui de Sonia, comme pour

se raccrocher à quelqu'un de familier. Angélique lui sourit.

— Je suis la mère de Sonia, dit-elle en lui tendant la main à son tour.

François réfléchit à la manière dont il va soustraire ses filles à cet assaut familial. Franck Modalès lui confie :

— Sonia a été très traumatisée d'être à l'origine de ma condamnation, mais elle a dit la vérité, ajoute Franck Modalès. Sachez que ma fille est incapable de mentir.

François esquisse un sourire pour dissimuler sa gêne.

C'est la sortie. Les filles arrivent en se donnant la main, comme deux orphelines qui redoutent le monde extérieur. En voyant près de leur père et de leur mère, deux personnes inconnues, elles hésitent, redoutant une nouvelle mauvaise surprise. Sonia s'approche :

— Mes chéries, voici votre grand-père et votre grand-mère, mon papa et ma maman à moi !

Marine sourit et se jette dans les bras tendus d'Angélique ; méfiante, Caroline hésite, puis se réfugie près de son père qui se tient en retrait.

— Une chance n'arrive jamais seule, glisse Franck à l'oreille de François. Le jeune médecin de Lembras s'en va : il ne supporte pas la campagne ! Je vais reprendre mon ancien métier. Les gens ne m'ont pas oublié.

— Il pleut, constate Sonia en regardant son mari. Viens donc t'abriter sous mon parapluie.

Il ne bouge pas puis, sentant les gouttes couler dans son cou, se décide. Sonia lui prend le bras.

— Écoutez tous, je vous invite à manger des gâteaux au salon de thé au bout de la rue, s'exclame Angélique.

Les filles applaudissent. L'averse a cessé. Caroline prend la main de son père, Marine celle de sa mère. En entrant dans le salon de thé, Sonia souffle à François :

— Tu me crois enfin ?

— Peut-être, répond le jeune homme sur un ton évasif.

Le serveur rapproche deux tables et déplace des chaises. Marine est la moins impressionnée par ce nouveau grand-père au visage austère. Elle ne le quitte pas des yeux. Une fois assise, elle sort de sa poche son caillou fétiche et le lui montre. Le docteur le saisit et l'examine.

— Papa dit que le coquillage a vécu il y a un million d'années ou plus au fond de la mer et que la pierre s'est formée tout autour et qu'elle s'est cassée en morceaux...

— C'est vrai, répond Franck Modalès.

François, silencieux et préoccupé, se tourne enfin vers le docteur.

— Je serais heureux de vous recevoir pour la fête des vendanges, dit-il en souriant.

Sonia caresse sa main qu'il lui abandonne.

— Où en est ton projet pour le Chili ?

— Ce n'est plus d'actualité !

Après son infarctus, Paul a compris que ses forces le trahissaient et qu'il était temps de passer le relais. L'innocence prouvée du docteur Modalès qui fait de Sonia une belle-fille tout à fait convenable n'est pas étrangère à sa décision.

— Avec toi, le domaine Dorliac produira les meilleurs vins de son histoire ! murmure François en posant un baiser sur le front de sa femme.

Vous avez aimé ce livre ?
Partagez vos impressions sur la page Facebook des Éditions Belfond : http://www.facebook.com/belfond

Vous cherchez de nouvelles idées de lecture ?
Inscrivez-vous à la newsletter Belfond. Rendez-vous sur le site www.belfond.fr, et cliquez sur le lien en haut à droite « inscrivez-vous à nos newsletters »

Éditions Belfond :
12, avenue d'Italie
75013 Paris

Canada :
Interforum Canada, Inc.,
1055, bd René-Lévesque-Est,
Bureau 1100
Montréal, Québec, H2L 4S5

ISBN : 978-2-7144-5581-9

Composition et mise en pages
Nord Compo à Villeneuve-d'Ascq

Cet ouvrage a été imprimé en France par

CPI
BUSSIÈRE

à Saint-Amand-Montrond (Cher)
en mai 2014

N° d'impression : 2009814
Dépôt légal : juin 2014